見て・感じて・考へる

櫻文鳥日記

池田俊二
Ikeda Shunji

言視舎

まへがき

私はもの心ついて以来、進歩主義が大嫌ひだつた。「主義」などと言つても、そこに厳密な定義はない。「進歩」の代りに戦後産の「平和」や「民主」のつく主義も同様なものと見なした。それらを振り廻す進歩的文化人を軽蔑しつづけてきた。

私の生きて来た時代の大半は、それらのものが日本中を跋扈してゐた。進歩主義に非ざれば人間に非ず、といつた趣だつた。それに腹を立てたり、精神衛生のために、目を逸らすべく努めたりするのが日常だつた。

そんなに嫌なら、日本を離れて、進歩などを問題にしない外国にでも移住すればいい、のだが、それだけの甲斐性はなかつた。本書は、癇癪を起したり、へそを曲げたり、ふてくされたりした話を、いくつか並べただけである。

我が家で飼つてゐる文鳥が我等老夫婦や客の言動を見て、これを茶化しながら語るといふ体裁にした。実際に文鳥が我が家に来た昨年の春から始め、昨年の立冬までで打ち切つた。こんな調子なら無限に書きつづけられるが、これ以上長くなつては読者に迷惑と考へたからだ。

世には、私と同じやうにつむじの曲つた人たちもゐよう。その人たちの目に触れて、同感、よく言つた！と思つていただければさいはひ。進歩的な人たちが読んで、その考へを変へてくれれば——といつた大きな望みはない。本書にそれほどの説得力があるとは思つてゐない。

標題は故竹山道雄先生（といつても、私は面識がなかつたが）の御著書『見て・感じて・考える』から、無断でそつくりそのまま頂戴した。先生のあとがきに次の一節がある。

自分の心の真実から生れたのではない借用の抽象論はどうにでもなるので、

それがついにはおそるべき知的不正直となった。

私はフランス語で〈voir, sentier, reneser〉ということをきいたことがある。事実を直視して、それを自分の胸で感じて、それから考えるというのである。これを聞いてから、この言葉は念裡にのこった。それで自戒のつもりで、この言葉を標題にえらんだ。


私如き者でも心構へだけは、竹山先生に倣はうといふわけだ。竹山先生が右のフランス語に初めて接せられたのはいつか、定かではないが、私の知る限り、先生は戦前も戦中も戦後も一貫してこの態度を貫かれた。

竹山先生は戦後の進歩派の「知的不正直」に心を痛め、これを匡《ただ》すべく全力を尽された。あれほど明晰な頭脳と深い洞察力の持主は珍しかつたが、決して激したりせず、理を静かに諄々と説かれた。敗戦と同時に看板を塗り替へた学者・文化人たちを批判されたが、それは罵倒ではなく、優しく諭されたのだつた。私は心から尊敬してゐた。日本の近代史の見方についても、基本的なことは竹山先生の御著書から学んだと思つてゐる。

なほ西尾幹二先生が超御多忙のところ、お時間を割いてお心のこもつたお言葉をわざわざお寄せ下さつた。のみならず、本文の叙述についても、あれこれと御注意を賜つた。永年の師恩を想ひ、ここに改めて厚く御礼申上げる。

平成二十六年九月

池田　俊二

目次

平成二十五年四月十三日

亀戸から勝鬨へ

吾輩は櫻文鳥である。

名前は千代（または、ぷん太）と申す。

本年（平成二十五年）二月の生れ。

最初に断つておくが、吾輩は厳重なる検査の結果「鳥ウィルス」なるものを保持してをらぬことが保証されてゐる。

本日から隅田川の中州なる勝鬨三丁目の薄汚い十階建て集合住宅九階の３ＤＫで飼はれることとなつた。


主人の脳の作用を、中に納められてゐる過去の記録で遡つて覗いてみる（今後屢々同様の作業をすることになりさうだが、一々断ることはしない）と、どうも

十階建ての“豪華マンション” 吾輩はこの九階に住んでゐる。以下、我が住居の近辺を、大川の中州を中心に写真でお見せする。カメラは主人にやらせた。

ゆうべ文鳥またはインコを飼ふ決心をしたらしい。主人夫婦には二人の娘に外孫が四人ゐて、主人は彼等を目の中に入れても痛くないほど可愛がつてゐる。のみならず、孫の性優しく頭脳明晰、見目麗しき旨を、機会ある度に、人に吹聴してゐる。実際にその孫に会つた者の「何を大袈裟な。普通の子供ぢやないか」といふ陰口や、会つたことのない者の「あの夫婦に、そんな立派な孫が出来る筈はない」といふ嘲笑は主人には届いてゐないやうだ。届けば湯気を立てて怒つた筈だが、その痕跡は認められない。

その孫たちも最近学校や保育園に通ふのが忙しく、主人の所に来る回数が減つた。その淋しさを紛はさうといふ魂胆のやうだ。つまり、吾輩に孫の代理に一席伺はせようといふことだ。固より、吾輩としても主人の態度如何によつては、一切の附合ひを拒むものではない。

朝、起きてから細君に相談したらしい。細君は反対だつたが、主人は吾輩を連れて来さへすれば、細君が軟化すると読んだやうだ。この読みは当つた。吾輩が到着して以来の細君の協力的なこと！　まあ吾輩がチャーミングなせゐかもしれないが。今後吾輩の日常にとつて、この細君は相当の役を担ふことになりさうだ。

因に、吾輩の値段は一、二八〇円也。しかし、値段で吾輩の真価を判断しても らつては困る。支那から借りて来て上野動物園が飼つてゐるパンダとかいふ動物（本来支那のものではなく、支那が侵掠してゐるチベット産だと聞いた）よりも吾輩の方が遙かに高尚であると自ら確信してゐる。ただし主人が吾輩を買ふ時の態度は醜態と言ふほかなかつた。まづ売り子に向つて、「これは千……円だね。萬ぢやないね」と確認した。そしてレジで、以前我が先代を買ひ入れる際、一桁間違へた次第まで、恥かしげもなく語つた。吾輩は笑つていいのか、悲しむべきか迷つた。まあ、この低価格が主人を喜ばせたこと、主人が吝嗇であることは間違ひないやうだ。

店に三羽ゐる櫻文鳥の中から、主人が吾輩を指名した時は吾輩も少々嬉しかつた。美形には自信があるので、主人の審美眼が頼もしかつた。売場で店長から、「実は私もこれ（吾輩のこと）を狙つてゐたのです。成鳥になれば、頭に櫻の模様がはつきりと出来さうです。お目が高い」と言はれた主人は、一瞬嬉しさうな表情をしたが、「なら、プレミアつきで譲るよ。五、〇〇〇円でどう?」と柄にもない冗談を、精一杯言つたのは照れ隠しだが、この程度のお世辞にかくもやすやすと乗るとは、それほど悪い人間でないせゐかもしれない。

主人は、細君に対しては固より大抵の来客に実に横柄な口をきく。自分くらゐ偉いものがこの世にあるかといつた顔をする。もつとも、よほど偉い人が来たら、主人は這ひつくばるかもしれないが、この陋居に大した人物が来るわけはないので、主人の米つきばつたは未だ見たことがない。こんな男に飼はれたらどうなるかと心配だつた。けれども、家に着いて、紙の箱から我が住ひたるべき籠に吾輩が「エイヤッ!」とばかり飛び移つたら、「アッ、元気だ。無事だ!」と主人は喜色を表はした。また亀戸から一時間近くバスに揺られて来たので疲れて目をつぶつてゐたら、主人も細君も心配さうに吾輩の籠に何度も寄つて来た。もう少し心配させてやらうかとも思つたが、可哀さうにもなつたので、白菜をつついて見せたところ、二人とも大いに喜んだ。特に、細君はカメラを持ち出して吾輩の端麗なる容姿の撮影を試みた。よほどのお人好しらしい。まあ、そちらがさういふ態度なら悪いやうにはしない。

吾輩の性別が明かでないため、名前を二つ（我が先代夫婦の名らしい）つけて「どちらでも、気分によつて呼ばう」とは、なんとも、ふざけた勝手な言ひ分で吾輩をないがしろにするものだが、まあ、それほどの悪意も感じられないので、吾輩は暫く我慢することにする。

平成二十五年四月二十日

傲岸不遜と小心と吝嗇と

吾輩がこの家の住人になつて今日で一週間。その間のことを簡単に報告しておく。

そんなに居心地は悪くない。

名前は、「千代」と呼ばれることが七割。「ぷん太」が三割。夫婦ともいゝ加減なもので、「ぷん太」も悪くないなどと気楽なことを言つてゐる。吾輩も気分次第で、〝チヨチヨ〟と答へたり、ぷいと横を向いたり、好きにしてゐる。

さうさう、ここに来てから二日めにとんでもないことがあつた。細君が吾輩の爪を「伸び過ぎてゐる」と言つたのに対して、主人は「ぢや切らう」と威勢よく応じた。そして「浅爪は厭はず。深爪だけは絶対に避ける」と自身に言い聞かせるごとく言つた。にもかかはらず、なんといふそそつかしさ！「深爪」をやられ、出血の仕儀に至つた。痛いの、なんの！　慌てた細君は、仏壇の前から、線香に火をつけて持つてきた。これに対して、やはり狼狽した主人は「馬鹿者！線香の灰が消毒にいゝのだ。火を押付けてどうするか」と怒鳴つた。結局ヨーチンを振掛けられて終つた。あとで細君は「火を傷口に当てるのも、化膿止めにいゝのよ」と言つた。

細君の理屈が正しいのかもしれない。しかし吾輩としては、主人の癇癪で助かつた。痛い思ひをした上に、熱い思ひまでさせられたのでは、たまつたものではない。それに、お灸をすゑられるほど悪いことをした覚えはない。主人はその夜から翌日にかけて釣りに行つたが、船上からと帰りの車中から二度電話をよこして吾輩の様子を訊ねた。よほど心配だつたらしい。帰宅すると真つ先に吾輩を見に来たが、吾輩がサーヴィス精神から、止り木から止り木へ元気さうに飛び移つてみせると、海釣りで汚れた顔をくしやくしやにして喜んだ。しかし吾輩はすぐに気づいた。主人は絶対に吾輩の足を見ないのだ。といふより、見る勇気がないのだらう。主人の気が小さなことがよく分る。善悪いづれにしても大したことの出来る男ではない。

吾輩への待遇は、まあ厚遇といつてよからう。今日は格別に寒いので、主人は先ほど出かける際、吾輩のために電気ストーブをつけてくれた。吾輩のゐたペットショップの店員から「幼鳥なので寒さに注意。二十二度が標準」と言はれたのを忠実に覚えてゐるやうだ。細君は頻繁に寄つて来て、吾輩に声をかける。「お利口ね。ぶらんこに乗つてごらん」などと言ふ。吾輩は生後二ヶ月ながら、人語は一応解する。しかし、面倒くさいこともあるので、乗つてやつたりやらなかつたりだ。止り木から止り木へ、ぶらんこの輪をすり抜けて飛び移ると細君は最も喜ぶ。

食事は、まづ通常のブレンド餌。籠の上から小松菜を吊つてある。下では、小さな、水入りの瓶にキャベツが挿してある。塩土は、先代からのものが殘つてゐるのを知つてゐる主人は最初「いらない」と言つたのだが、流石に気がひけたのだらう、新しいものを一個求めた。吾輩は塩分を必要とするので、時々つつく。カルシュームとしては、主人が釣つて来た紋甲烏賊の大きな甲羅。これも店員は「まだ幼鳥なので喙《くちばし》に力がない。粉末にしたものがあるがどうか」と勧めたのに、主人は断つた。ケチ！　しかし甲羅を吾輩が食べ易いやうに、時折一部ほじくつて細かく砕いてくれるのは感心。野菜や甲羅を巧みに食ふと、細君は「まあ、頭がい、のね」と褒める。これしきのことで頭云々とは、吾輩を軽く見てゐる証拠だが、「鳥頭！」などと罵られるよりはましなので、苦情は言はないことにしてゐる。

主人は昨日までパソコンで原稿を書いてゐた。一月から、久しぶりに稿料つきの連載依頼が二つ来たのである。主人が師と仰ぎ、指導を得てゐた国語学者荻野信樹先生が亡くなつてから二三度依頼原稿を断つた。「私には、荻野先生の御指

月島川（運河）で鯊を釣るお兄さん　我が家から徒歩５分。

豊海水産埠頭　倉庫ばかりが立ち並び殺風景。主に、築地の魚市場で仕入れたものを冷凍保存する施設とか。船からの荷揚もある筈だが、主人は見たことがない。

同埠頭からレインボウブリッジを望む　この埠頭で主人と悟は何度か、さつぱやすずきを釣つて楽しんだ。

導なくして国語は論ぜられません」といふ理由で。元来、主人は傲岸不遜、人は皆馬鹿だと思つてゐる。けれども、一旦惚れ込んだ相手には徹底的にへり下る。師には、弟子としての礼をとことん尽くす。まあ尊大さの裏返しだらうが、悪いことではない。けれども、そのために原稿の注文が来なくなつたのは残念だつたやうだ。

主人の執筆ぶりを見てゐると、性分が表れて面白い。まづ人並に眉間に皺を寄せて言葉を探す。しかし一応書き上げたものを読み返すときはをかしい。「うむ、巧い！」「い、ところを突いてゐる」「これは名文だ」と徹底的に自分を褒め上げる。どこまでも己惚れの強い男である。

昨日送稿して気分が楽になつたのか、今日は朝から紅花常盤金縷梅（べにばなときはまんさく）の挿木をしたりしてゆつたりとしてゐる。晴海通りでへし折つてきて、だめでもともとと思つてゐるやうだ。因みにヴェランダには三十鉢ばかりあるが、娘たちが五百円くらゐで買つて来た幾つかを除いて、ただのものばかりである。道端や公園で剪り取つて来て挿木にしたさつきやつつじ、山や寺の境

吾輩と主人が英気を養ふヴェランダ。

内で掘つてきた楓、銀杏の実生など。金を使はないのが誇りのやうだから、どこまでも吝嗇な男である。

平成二十五年五月七日

ふてぶてしき元高級官僚

連休は昨日で終り。

主人が原稿を了へ、昼寝からさめた頃、玄関のベルが鳴つた。迎へに出た細君が「あなた捨離さんよ」と案内するより前に、主人はのそのそとダイニングに現れてゐた。なにしろ、主人が書斎として使つてゐる南側の六畳の隣がダイニング、そこから北へ三メートルばかりの廊下の先が玄関ドアなのだから、どちらから来ても時間はかからない。この蒔田捨離、時折歌舞伎の切符をくれるので、歌舞伎好きの細君は粗末にしない。

捨離はビニールにくるんだ包みをどさりと卓に投げ出し、「あふり烏賊だ。刺身で食はう」と言ふ。「それは俺に対するイヤがらせか」と主人は苦い顔をする。実は主人は釣をやり、時にあふり烏賊を狙ふこともある。そして捨離に対して

佃島の佃煮屋三軒　手前右が「本家」田中屋。その奥が「元祖」天安（「天」の字のみ見える）。奥の左が「安政六年創業」丸久（青地に白く染め抜いた「丸」の字が微かに見える）。

銭湯　つくだ小橋の向うに「日の出湯　大栄マンション」といふ文字が見える。佃島にしても、我が勝鬨にしても、意外に銭湯が多い。それも大抵は集合住宅に併設されてゐる。銭湯だけでは商売にならないのだらう——これは荻窪から越して来た主人の感想で、吾輩も同意する。銭湯の奥が住吉神社。

「今度釣れたら、イッパイやらう」と何度か提議した。しかし、一度も実現したことはない。捨離から「不渡手形ばかりぢやないか」と罵られたこともある。主人の苦い顔に対して捨離は平然と「それもある」と答へ、細君の淹れた茶をごくりと呑んだ。そして部屋の隅にゐる吾輩に気づき、「おや、頭がよささうぢやないか」と言つた。吾輩も可愛いと言はれるのは毎度だが、この捨離の評は気に入つた。この男には人を見る目があるやうだ。

捨離は、我が住居たる籠の戸を開けて手を差し込んできた。驚いた吾輩は最初籠の反対側に避けたが、捨離が「君は何歳？」「これからは文鳥といへど、人に頼つて餌を貰ふだけぢや駄目だ。積極的に世間にチャレンジして、自己の存在を認めさせなければ」「君は才能がありさうだから。広く世の中のことを学びなさいよ。こゝに来る人たちの話もよく聞いて……。まあ吾輩以外にはろくなものが来さうにもないが」などと奇妙なことを話しかけてくる。

この捨離先生、自身を誰よりも上に置くところは、主人と同じである。ただ吾輩に対する評価が気に入つたので、近寄つて指先を軽くつついてやると、「おう、

住吉神社　小さく狭い。勿論、家康に招かれて大坂から漁民が移住した際、大坂の住吉様から分社したのだらう。話は全く違ふが、佃住吉の更に分社が、我が家の前の清澄通りの向うにあつたさうだ。老人の話を聞くと、境内はかなりの広さで、盆踊りををどつたといふ。それは今はない。先代だか先々代だかの宮司が道楽の挙句、売り払つてしまつたとか。主人は第三者のやうな顔をして、あるいは、一段高いところから、この話を聞く。如何にも、街の歴史を知る必要ありといつた風に。しかし吾輩をごまかすことはできない。主人は元来、この種の噂話が大好きなのである。現に、先日、近所の御老体を呼んだ時、話題がこれに及ぶと、目を輝かせて根掘り葉掘り質問した。

私が好きなのか」と言ふ。そこで、思ひ切つて掌に乗つてやつた。捨離は掌を上下させるが、吾輩はじつとしてゐた。「そんなことが出来るのかい」と主人は目を丸くしてゐる。

生れたばかりで、まだ目も見えず、羽根も生えないうちに擂餌で育てるのではないと、手乗りにはならないと主人は思つてゐたのである。捨離は得意げに、「幼鳥なのだから、まだ大丈夫だよ。こちらが籠に近づけば向うも寄つてくるだらう。あれは一緒に遊びたいんだよ。手乗りにしたかつたら、まづ、いま籠の中にある餌を片づける。そして逃げないやうに部屋を閉め切つてから、鳥を放つ。餌はこちらの掌にのせる。やがて鳥は寄つて来て、それを食ふ。手乗りへの第一歩だ」と講義した。主人は「なるほど」と謹聴して、「よし、俺もあとでやつてみよう」と言つたが、飽きつぽい主人につづくかどうか。

捨離が「佃島あたりを散歩しよう」と言ふと、主人は「さうしよう」と答へた。「折角のあふり烏賊なんだから、酒は上等なものを出せよ」と捨離。二人は出て行つた。

佃の路地　この写真は適切ではなかつたかもしれない。ここはお地蔵さんがあるから、かく整然としてゐるのだらう。普通の路地では左右に並ぶ家はせいぜい10坪以内、住人の生活がほぼまる見えである。一応格子窓はあるが、昨年主人は「玄関が即厨なる古すだれ」と詠んだ。

この捨離といふ男、元高級官僚。本省の局長も務め、同期生の中では最も出世した。その役所は、戦後はいくつかに分れたが、戦前は、本体業務のほかに戦争といふプロジェクト推進に必須な、電気、航空、船舶等を一手にとりしきり、自ら「大○○省」と誇称してゐた。ばらばらになつたそれ等の組織を束ね、同根であることを確認しつつ、精神的にも、業務上も靱帯たらんことを任務の一つとする「△△協会」（創立は明治四十一年だが）なるものがあり、主人はそこが発行する雑誌の編集長だつた。主人の編集長初期には、戦前電力国家管理を強力に推進した大立物の元事務次官が協会のトップで、主人は屢々そのトップの部屋に呼ばれて、思ひ出を聞かされた。従つて主人は戦争のプロジェクトにかなり詳しい。トップの所には岸信介、田中角栄といつた人物も時折姿を現したが、彼等政界の大立物も、主人のボスに対しては恭しかつた。

まあ捨離と主人は、役人と、その関係団体の雑誌の編集者といふ立場で出会つたのだ。二十代前半のことで、ずゐぶん長い附合ひになる。

この捨離といふ男、役人にしては珍しく、一見過激にして奇矯な言を吐き、それを実行する。そこが主人の偏頗な性格に合つたのかもしれない。時の主流には決してなつてゐない、捨離の意見に主人が「これは真理だ」と感服し、それがのちに主流になつて、大きな成果を挙げた例は無数にある。

部下が上司を使ふ

　捨離は若いころから「上司が部下を使ふのではない。部下が上司を使ふのだ」とうそぶいてゐた。そして上司の気性、器を見て、この人はいゝ恰好をしたがると読んだ場合は、起案に際して三案用意し、自身のベストと考へる案を最下位に置く。ＡＢＣ三案のうち、Ｃが捨離の考へである。そして上司の所にはＡから持ち込む。上司はあれこれ難癖をつける。「なるほど。そこは気づかず、たしかに考へが足りませんでした」と、Ａは素直に引き下がる。これを若干手直ししたＢ案を次に持ち込む。「うむ、大分よくなつたな。しかし、この点とその点はかう直した方がいゝ」と上司。「おつしゃるとほりです。すぐに改めます」と捨離。そしてＣ案を持つてゆくと、「どうだ。僕の言つたとほりだらう。これならほぼ完璧だ」と上司は胸をそらす。「恐れ入ります。おかげさまでベストのものが出来ました。ポイントがはつきりとしました。それでは、これを以て推し進めたく、大蔵などとの折衝もよろしくお願ひします」「よし、引き受けた。これほど立派な案なのだから、国家国民のために是非実現させなくてはならない」。かくして捨離はほぼ一〇〇パーセント自己の信念を反映した施策の実施に成功する。これを聞いた主人は大いに感心し、「そこまでやつたか」と言つた。

のちに捨離が本省の郵勤局長になつた時、チルド便（冷蔵状態で送る小包）をやりたいといふやうなムードが周辺にあつたが、捨離はこれに取り合はなかつた。その局が時流に乗り、新機軸として打ち出したげだつたが、それが正式の案になる前に、捨離はかう評した。「収支を考へろ。そんなことをやつて収支償ふに至るまでには、気の遠くなるほどの設備投資と時間が必要だ。ずつと前からやつてゐるクロネコに任しておけばいゝのだ」といふことだつた。そして、「あれがないから営業がうまくゆかないと言ふ。〝あれ〟を作ると、今度は〝これ〟がないからと言ふ。これは『ないものねだりの言ひ訳営業』だ」などと憎まれ口をきいた。実際、この〝言ひ訳〟は経営責任を曖昧にするために利用されることも多く、トップにとつても便利なものだつた。しかし捨離は、自己に対しても部下に対しても、これを許さなかつた。元来この局には営業といふ観念、システムがなかつた。それだけに、それが一度這入り込むと、かへつて「営業！　営業！」と熱狂的になつた。「営業」とさへ言へば正義であり、収支計算をしたうへで考へるといふ人は少かつた。さういふ風潮に捨離は冷水を浴びせたのだつた。従つて、かなりの層に「蒔田局長は営業に冷淡だ」と評判がよくなかつた。「如何にして儲かる物を取り、如何にして儲からない物から逃げるか――それが営業だ」と国営事業の責任者としてあるまじき放言をしたこともある。チルド便は捨離が辞任したあと新設され、これは今も存在するが、金や人手を食ふばかりで、さつぱり儲からないらしい。利益よりも「営業！」なのである。

ここいらも主人を喜ばせたやうだ。なにしろ主人は、人が右と言へば左、左と言へば右と必ず反対する片意地な男だから、時の風向きに逆ふことを最も尊ぶ。六〇年安保等々、イデオロギーの世界でも、徒党を組んだワッショイワッショイを蛇蝎の如く嫌つてきた。デモ隊の連中の、およそ何も考へてゐない一様なふやけヅラをみて、口汚く罵つた。樺美智子が仲間のデモ隊に踏み殺されたのに、新聞が警官に殺されたと嘘の報道をした時は、顔を真つ赤にして、本気で怒つた。

その点、捨離に似たところがなくもない。もつとも捨離がかなり天下国家に貢献したのに対して、主人はやたらに腹を立てるだけで、世の為にはならなかつたが。

トリスをサントリーに化けさせる方法

二人は散歩から帰つて来た。細君はコロッケを揚げただけで、主役のあふり烏賊は冷蔵庫に入れたまゝにし、悠然としてゐる。捨離の性向を熟知してゐるからだ。そして「捨離さん、あふり烏賊を捌くの、お願ひ出来る？」と持ちかける。「おつと合点承知の助」と捨離は上機嫌だ。捨離は捌く前に、細君に砥石を出させ、包丁をといだ。そして最後は見事な薄造りの刺身に仕上げた。捨離は昔から鄙事多能を誇り、「俺を秘書係長にしてみろ。比類のない名係長になるよ」と言つてゐた。これに対して主人は「さうだな。俺は逆に殿様になるべきだつた。あなたがその下で秘書係長を務めれば、い、コンビだ。俺は殿様としてうるさいことは一切言はない。すべて『よきに計へ』ですますからな」と応じた。

さて「上等な酒」だが、細君は英国王室御用達の〝ロイヤルハウスホールド〟

佃堀・つくだ小橋・リヴァーシティ　佃堀も今は埋立てられて、手前の葦まで。以前は晴海まで延びて鰻が面白いやうに獲れたとか。中央で両岸を繋ぐのはつくだ小橋。ここで屢々映画のロケが行はれる。主人も近くで鯊釣りをしてゐて、退去を頼まれたことが何度かある。喧嘩早い主人のことだから、「なにを、俺の方が先にゐるんだ！」くらゐのことは言ひかねないが、そこは相手も心得たもの、慇懃に、したでに持ちかけるので、主人も大人しく従つてゐる。一度「私も釣り人として写つた方がいいのでは？　ギャラはいらないから」と冗談を言つて、「すみません。時代劇ですから、ポロシャツ姿ではどうも……」と鄭重に断られたのは滑稽。
奥に林立するのは、リヴァーシティーと称する、高層マンション群。主人が嘗て、ここに住みたいと言つて不動産屋に一笑に付されたことは、吾輩の日記で述べた。この古き島と近代ビルとの不調和は、主人にはあまり苦にならないらしい。以前(勿論マンションなどない時代)、主人は、自分の編輯する雑誌に入江隆則先生に連載をお願ひしてゐた。先生が銀座から佃島までを歩いて、近代の慌ただしさと江戸の静けさ・落ち着きを比べて複雑な思ひに捉はれたといふ趣旨の文章に、主人は大いに共鳴し感銘を受けたものだが。まあ、癇に触つたり、触らなかつたり、気まぐれなのが主人の性格。島に高い建物がこれ以上殖えないやうに(どこかが)規制してゐるとも聞いた。

なるスコッチを一本用意した。これは主人も細君も呑んだことはない。先日主人の俳句仲間で金満家の御婦人が旦那と共に遊びに来た時土産にくれたものだ。金持がくれたのだから上等だらうと考へたまでだ。「普通の国では飲めない。英王室の特別の配慮で日本には輸出が許されてゐる」といふ能書きもついてゐるから、まあ上等なのではあるまいか。捨離も初めてらしい。

捨離と主人は高級ウィスキーに対する礼儀として、小さなグラスから生《き》でチビと飲み、他の少し大きなグラスでチェイサーをゴクリと呑む。「うまい」「うまい」を繰返してゐるうちにウィスキー壜はたちまち空になつてしまつた。

奇態なのは、ここからの捨離の行動だ。主人に対して「おい、あのでかい安ウィスキーを出せ」と言ふ。主人が普段四リットルのプラスチックの大壜に這入つた超下等ウィスキーを飲んでゐることを知つてゐるのだ。「どうするんだい？」といふ主人の問ひには答へず、捨離は超下等から上等の壜にウィスキーを移し始めた。なんでも出来る男で、手際もいい。呆気にとられてゐる主人に対して、「これを冬帽に飲ませてやらうぢやないか。イギリスの王室専用のスコッチで、よそでは飲めないものだ、と言つて」。

星屑冬帽とは、彼等二人の共通の古い友人である。主人はしばし逡巡の態であつたが、やがて意を決したごとく、「さうだな。冬帽のことだから、『うむ、さすがにコクが違ふ。それになんと言つてもまろやかだ』くらゐのことは言ふだらう。あとでほんたうのことを言つたら怒るだらうな」と捨離の悪戯に完全に引き込まれてしまつたやうだ。

捨離は「馬鹿！　そんな失礼なことをするものではない。最後まで騙しとほしてやるのが礼儀だ」と妙な理屈を言ふ。そして、「なにしろ、『ものは器に従ふ』と言ふからな」と口走りながら、移しつづける。主人もかなり興が乗つて来たやうで、「昔、インチキバーではトリスに味の素をふりかけてサントリーと偽つたさうぢやないか。その手を使はないか」と卓上の味の素に手を伸ばしかかつたが、捨離は「いや、その必要はない。ものは器に従ふのだ」と、言下に主人の提議を却下した。こんないたづらは小学生のやることで、叙勲までされた蒔田捨離のやうな身分の者がやることではない。

かかる茶番が終つて捨離が帰つたのは何時だつたらう。吾輩の平素の就寝時間を遙かに過ぎてゐて、いゝ迷惑だつた。しかしおもしろくもあつた。

平成二十五年五月二十日

ヴェランダで察する天下の形勢

前回冒頭で、主人のことを「飽きつぽい」と悪く言つたが、これは吾輩の不明であつた。

そのことを語る前に、吾輩の世話をめぐつて、主人と細君の間に小さな諍ひがあつたことを報告したい。当初餌は主人の担当だつた。朝、餌箱を吹いて、前日までの殻を飛ばす。そして必要なら、袋から新しい餌を補給する。ところが主人はヴェランダで殻を吹くだけで、それを掃き集めて、ごみ箱に捨てることをしない。要は、面倒だからなのだが、「ヴェランダが汚くなつて困る」と細君が文句を言つた。そして、餌箱の殻は掃除機の吸引力を低くすれば、それで処理出来るとのこと。そこで殻取りは細君、その先の新しい餌入れは主人の仕事といふことに変へた。ところが、両者の連絡が密な場合はそれでい丶が、引き継ぎが十分で

佃島（本来なら当然石川島）の一番上流にある「パリ広場」。因に、隅田川とセーヌ川とは姉妹河川の由。

佃島(中央区)と越中島(江東区・右)をつなぐ相生橋。

ない場合は、とんでもないことになる。細君が残りの餌では今日一日持たないと判断したのに、主人がそれに気づかずにゐると、吾輩の生命の問題になる。そこで主人の提案により餌は、最初から最後まで細君の一元管理といふことになり、これには吾輩もほつとした。漱石の「文鳥」のやうにあはれな最期を遂げずにすみさうだ。

さて、捨離が来た翌日からだらう、主人は家にゐる限り大抵吾輩の相手をしてくれる。長いときは半日も。主人が最初籠の中に手を入れて来た時、吾輩は捨離で経験ずみなので、すぐに掌に飛び乗つてやると、主人は喜んで吾輩を籠の外に連れ出した。最初飛びまはり本箱や箪笥にとまつてみたが、やはり主人のそばが居心地がよい。そこで、その肩、腕、膝などにとまつた。言はば、まとはりつくやうな恰好になつたが、これが主人には嬉しいらしい。吾輩に滅法優しい。執筆中の原稿用紙の上に乗つて、主人のペン先をつつくと、字が書きにくく、これには往生するやうだが、吾輩を邪険に払ひのけるやうなことはしない。手に乗せて、「ぷんちやん、少しどいて」と横にゆつくりとおろす。主人は原稿や読書に倦き

TTT（The Tokyo Towers）マンション
８月には、我が家のヴェランダから、この双子ビル（58 階）の間に、東京湾大華火が見える。狭いので、人数は限られるが、毎年客を呼び、主人が釣つた鯊をメインディッシュに宴をはる。26 年は夫婦揃つての怪我のためにどうなるか。吾輩も昨年は仲間に入れられ、好意は嬉しかつたが、すぐに飽きた。

TTT 双子マンションの間に揚る花火を我がヴェランダより

ると、ごろりと横になつて眠つてしまふ。だらしなく口を開けてゐるのを見ると、鼻にでもとまつてやりたくなるが、両者の良好な関係を敢へて壊すことはないと思ひ、控へてゐる。

勿論、場所は主人の書斎の中だけ。部屋の戸は全部閉めてある。これに対して、吾輩を信用してゐないといふ不満はこちらにはない。もしも戸が開いてゐれば、吾輩にも出来心が絶対生じないとは言へない。吾輩ほどの見識のある者が、目の前に大空と行雲を見れば、突如として宇宙的使命を感じて飛び出すこともあるかもしれない。その挙句、浮世での食ふための大苦労、そんな経験はしたくない。

一番気持がいゝのは、ヴェランダで主人の晩酌に附き合ふこと。最近のやうに時候がよくなると、ヴェランダの、鉢をのせてあるテーブルの隅に、例のジャンボ安ウィスキーの水割とつまみを一つ二つ置いて、主人は時折イッパイやる。こゝで主人は心身をリフレッシュしてゐるらしい。吾輩も軒から吊された籠の中ではあるが、浩然の気を養つてゐる。西側に東京湾（大川）が小さく見える。東は晴海通りを越えて佃島に至る。ここから四囲を見渡すと、天下の形勢がよく分る。吾輩の頭脳を以てすれば、一々遠方まで出向くことはない。

先日は上（長女）の方の孫二人が来て、吾輩と長時間楽しく遊んだ。主人、ママも入れて、四人の間を吾輩が順に飛び移り、時に軽くつついてやると、孫たちはキャッキャッと喜び、吾輩も悪い気がしなかつた。主人が吹聴するほど立派な孫かどうかはともかく、可愛いことは可愛い。

「先生、昂奮しないで！」

「おい、ゐるか」。ダイニングから男の大きな声がする。このところ気温が高いので、玄関のドアを半開きにしてあり、そこから勝手に上り込んだのだ。「なんだ、君か」と書斎から出てきた主人には男は目もくれず、寝惚け眼をこすりながら出て来た細君に向つて「奥さん、霊岸島に旨い寿司屋をみつけましたよ。特に鮪がいゝ、就中赤身はこたへられませんぜ。今晩行きませう。奢りますよ」。この男、細君が寿司に目がないこと、最近とろより赤身の方に好みが変りつつあることを熟知してゐる。

五島剛介といひ、主人とは五十数年来の附き合ひだ。主人は高校一年の時に田舎から東京の学校に編入されたが、生徒全員が自分こそ天下一の秀才と自認してゐるやうな、ひどい学校だつた。中でも剛介は最も猛々しかつた。ある時漢文の先生と字句の解釈をめぐつて意見が対立し、言ひ合ひになつた。剛介は、「先生、あまり昂奮しないで下さい」と言つた。先生は、顔を真つ赤にして、自説を詳しく説明した上で、「別に昂奮してゐるわけではありません」と言つた。主人はこのやり取りに仰天した。先生に対して、これほど無遠慮、失礼な口をきく生徒がゐようとは思はなかつたのである。何かの成績発表で主人が上位数名の一人として名を呼ばれた際、剛介は「君は田舎出にしてはなかなかやるな」と言つた。既にして、自分の方を主人よりも上位に置いてゐる。主人も、心中は同じなのだが、編入生の身分ではさう大きな顔も出来なかつた。このやりとりから二人の附き合ひは始まつたやうだ。

五島剛介の今の肩書は名誉教授だが、宇宙工学とかで業績を上げたらしい。時折新聞などに科学随筆を書いたりしてゐる。また小泉八雲の研究もし、その方の著作もあるらしい。どういふわけか、彼の文章は、人物と違つて穏健だ。

「剛介さん、ショートケーキがありますが、召し上りますか。小さいからあとのお寿司にはさはらないと思ひますが」と、細君、大好物の寿司を御馳走になれるとあつて、にこにこ顔で訊く。「ぢや、いただきますかな」と剛介は、どつかと椅子に腰をおろすなり、吾輩を見つけて「ふん」と言つた。失敬な奴だ。

そして主人に向つていきなり、「おい君知つてゐるかい」と言ふ。

「なにを？」

「僕は永年八雲を読んで来たが、読み損つたか、忘れたか、八雲が『日本の教師で生徒を殴る者はゐない』と言つてゐることを知らなかつた。『もしもそのやうな行為をしたら、その教師はすぐに職を追はれるだらう』……」

「なんだ、今はやりの体罰論か。僕は興味ないね。ただ、この間女流作家が新聞に書いてゐた、自分は体罰は昔からあつたと思つてゐたが、さうではなかつた。昔は殴らなくても、口で理非を諭す能力を教師は持つてゐたし、まはりにも暴力を認めるやうな雰囲気はなかつた、と」

「とすると、やたらに殴り始めたのは軍隊の中か。しかし軍隊といへども、社会の中の一組織だから、こゝだけで世間の風潮と関係のないことが行はれたとも思へんがね」

「君がロケットを飛ばしつつ、久しく持論としてゐた近代日本劣化論だね。日本の社会は近代に至つて雪崩を打つて駄目になつてきた……。その点はよく承知してゐる。しかし僕は人間国宝の能楽師にインタヴィウしたことがあるが、自分の息子に教へ鍛へるには殴る蹴るしかないと言つてゐた。あゝいふ世界では本来どうだつたんだらう。僕には体罰の是非はよく分らんよ」

「君の俳句や謡の先生は勿論アマチュアだが、その能楽師の高弟だつたのだらう。そこの壁にかかつてゐる先生の短冊には『痼癖の師匠の坐右の縄叩』とあるが、その能楽師を詠んだのではないか。ユーモラスない丶句だね」

天皇陛下のために死なむ

「うん。先生からこの能楽師については色々聞いた。相当な癇癪持ちだつたらしい。ずゐぶん社会的地位の高い弟子たちも、この能楽師にはひどく叱られ、泣き出さんばかりの態で稽古をつけて貰つてゐたとか。勿論、こつちはアマチュアの旦那芸だから殴られることはないがね。この間死んだ團十郎はずゐぶん拳骨をくらつたさうぢやないか。その息子の海老蔵は全く殴られなかつたとか。だから海老蔵はあんなに生意気に、人に対して『俺は将来の人間国宝だ。お前達はただのごみぢやないか』などとほざくやうになつたのか。まるで君のせりふみたいぢやないか。奴が小生意気なのと、ゲンコを貰はなかつたこととは関係があるのか否か――僕には判断できない。体罰論はそこまでとして、君が昔教へてくれた、ハーンが松江中学離任にあたり在校生に与へた別れの挨拶は感動的だつたね。もう一度聞きたくなつた。暗唱してゐるだらう。今リピートしてくれないか」

「――皆さんの多くが、心からの願ひとして天皇陛下のために死にたいと作文に書いた。その願ひは神聖なものです。皆さんが認識してゐる以上に尊いものです。それは、これから年をとり、経験を積めば、きつと分ることでせう。――」

「いゝね。よくぞ言つてくれたと思ふ。ハーンは初めから日本の将来を心配してはゐたが、『この異国情緒溢れる通りには、新旧がとてもうまく混じり合つてゐて、お互ひを引き立ててゐるやうに見える』などと、いくらかは楽観もしてゐた。しかし後には、『本来の日本人なら』『昔の日本では』と現状に対して次第に絶望的になつてゆく。まあ君といつも話してゐるとほり、漱石、鷗外、荷風……皆さうだつたがね」

「国連」とは何か

　猛々しい二人にしては、こゝまではずゐぶん穏かに会話がすすんだ。だいたいこの二人がまみえれば、言ひ合ひ、罵り合ひに至るのが普通だ。どちらも、自分が世界で一番偉いと思つてゐるのだから。剛介は、これではならじと思つたわけでなからうが、話題を転じた。

「世界文化遺産とかいふものが、最近世間を賑はしてゐるね」

「うん、あの正式登録は七月か」

「さうらしい。富士山に三保の松原を抱き合せで登録するといふ案もあるらしい。最近そつちの方の参謀長のやうな立場にある人と話をしたが、自信満々だつた」

「そもそも世界遺産とやらはユネスコがやつてゐるのだらう。そしてユネスコとは国連の一機関に過ぎない。そのくらゐは外国に勤務したことのない僕でも知つてゐる」

「そのとほりだ」

「君は覚えてゐるかい。我々が高校生の頃、日本はいぢらしくも何度も国連に加盟を申請した。そして、その度に無情にも蹴飛ばされた。僕は腹が立つてしやうがなかつた。ある時、漢文の先生――君が『あまり昂奮しないで』と言つた、あの先生だ――が生徒を講堂に集めて、『国連加盟を断られたくらゐでくよくよすべきではない。我々日本人は常に毅然としてゐるべきだ』と訓示したのを、君、記憶してゐるかい」

「さあそれは記憶にない。しかし国連とは何なのかが問題だ」

「君も昔、国連のどこかに派遣されたことがあるんぢやないか」

「うるさい。余計なことを言ふな。黙つてろ」

「漢文の先生の訓示を頂いた時か、もつと後だつたかもしれないが、僕は『国際連合』といふ訳語に疑問を持つた。the League of Nations→国際連盟はいゝよ。しかしthe United Nationsは連合国ぢやないか。つまり日本にとつて旧敵国の集まりだ。それを国連と訳したのは、外務省による意図的誤訳だつたと分つた。つまり我等愚民が無益な反感を抱かないやうにといふ親心」

「さうだ。今でも敵国条項はある。我々は敵国とされてゐるのだ。にもかかはらず、日本はペコペコとすり寄つて行つた」

「君は国連に勤務した時はペコペコしなかつたのかい？」

「張り倒すぞ。……日本はその後何度三拝九拝を繰返したかしらないが、やつと入れて貰つた挙句がどうだつたか。現在日本は分担金とか称して膨大な会費をむしり取られてゐるが、その代りに何をして貰つたか」

「全くさうだ。国連は竹島や北方領土を取り戻してくれるのか。尖閣を守つてくれるのか」

「そんな国連――ユネスコに登録して貰つて何が嬉しいのか。今まで全く無名だつたのなら、少しは名が売れて嬉しいかもしれない。しかし富士は、昔も今も、天下の富士だ。世界遺産になれば、馬鹿が今まで以上に来て、商売人は儲かるかもしれない。しかし静岡県知事や富士吉田市長のあのしまりのないにたにた顔はなんだ！　なんでユネスコなんていかがはしい機関にもみ手をしなきやならないんだ」

「しかしこゝでそんなことを叫んでも何にもならない。君はなんとか審議会の委員をしてゐるんだらう。そつちで主張しろよ」

「なにを、バカ！　あんなところでしやべつても何の役に立つか」

いつものやうに剛介の怒声が最高潮に達した。細君は少しも驚かないが、あとで御馳走になるべきものがパーになることを心配したらしい。

「そろそろ出ませんか」と提議した。

吾輩に向つて主人は「留守をよろしく」、細君は「お利口にしてゐるのよ」、剛介は再び「ふん」と言つて出かけて行つた。

平成二十五年六月九日

命令形の代用の終止形

こゝで吾輩の先代夫婦について一言しておく。買ふ時に値段を一桁間違へたことは冒頭に触れた。これは雌（とは主人は知らなかつたらしい）の方だ。当時主人夫婦と次女の住んでゐた荻窪のタウンセブン内のペットショップで、各種の文鳥を見た主人は、しよぼしよぼとした櫻文鳥（吾輩も形式的にはこれに属するが）などが三千円もするのに、白くて抜群にスタイルのいゝシナモン文鳥の値札がたつたの一、三七〇円となつてゐるのに驚き、一も二もなく、これに飛びついた。そして係員に飼育上の注意などを細かく与へられたあと、レジで支払はうとして、一三、七〇〇円の間違ひであつたことに気づき、狼狽した。しかし見栄坊な主人には今さら「見間違へました」とは言へず、ポケットに二万円持つてゐたので、心の動揺を隠しつつ、それで支払つて連れて帰つた。

築地本願寺　主人は引つ越してから十回近く、先輩、知り合ひの葬儀にこの寺に行つた。いづれも徒歩で。吾輩が来てからも、一度直会の流れが数人我が家になだれ込んできて往生した。酔つ払ひとはかくも下らないと初めて知つた。同じことを何度も言ふし、少しも面白くないことを得意げにしゃべり、第一理窟がまるで通用しない……。我が日記に登場する捨離、剛介にしても、決して酒癖はよくない。しかし、あの通夜の流れの連中に比べれば、高級な酒客と言へる。

文鳥に千代と名づけて朧月

といふ主人の駄句が残つてゐるから、十年くらゐ前の春のことだつたらう。この名は漱石の「文鳥」の「三重吉の小説によると、文鳥は千代々々と鳴くさうである。其の鳴き声が大分気に入つたと見えて、三重吉は千代々々を何度となく使つてゐる。或は千代と云ふ女に惚れて居た事があるのかもしれない」から来てゐる。

文鳥の卵真白く春浅し

は翌年のことかもしれない。雌と分つて主人夫婦は慌てて、

文鳥に壻取の儀や夏近し

を大分急いだらしい。その心遣ひは悪くない。しかし、これが後の悲劇を生むことになつた。

細君が別のペットショップで、雄のシナモン文鳥を五千円で買つてきた。見合ひもさせずに。今思へばいきなり雄を売りつけたペットショップも無責任だが、一番悪いのは主人だ。

本願寺境内にある佃島の開祖森孫右衛門供養塔　我が家の三軒ばり先に小さな八百屋があり、細君は仲よくしてゐる。ここのそら豆は格別に美味、そこの夫婦は佃島の路地に住んでゐて、姓は「佃」。主人も親爺さんと四方山話をして、「佃氏の佃に二軒鳥雲に」といふ句を作つた。本人、大分得意のやうだつた。

壻が来た日は、先住者として千代の方がいばつてゐたが、翌日から力関係は逆転し、雄が雌をいぢめ始めた。喧嘩が絶えず、激しい時は雌の羽根一枚をくはへて逆さにぶら下げる。これを憂へた主人は、小鳥の本を買つてきた（何ごとによらず主人のやることは順序が逆なのだ）。そして驚いた。「文鳥は神経質な鳥である」「十姉妹なら最初は仲が悪かつた二羽も次第に馴れるが、文鳥は相性が悪いと決してなれることはない」「甚しき場合は殺し合ひになる」「つがひとして店頭に並んでゐる場合でも、すぐには買ふな。何度も通つて本当の相性を確認せよ」と書いてあつた。慌てた主人は籠をもう一つ買つて来て雄をそちらに移した。別居生活である。そして、籠を二つ並べて互ひに見合ひをさせ、馴らした上で同居させようと何度か試みたが、忽ち凄惨な争ひになり、遂に成功しなかつた。

序でながら婿には文吾といふ立派な名前を主人がつけたが、一番上の孫から「ぷん太」にすることを提議され、忽ち改名してしまつた。孫には全く弱いのである。

以上は全て荻窪在住の頃のことである。その後二年くらゐ経つてから、ぷん

境内の親鸞像

九條武子歌碑　どちらも主人の駄句の材料に屢々なつたらしい

太は夜、鼠に嚙まれ、足を折られてしまつた。細君が動物病院に連れて行くと、足に添へ木をしてくれ、一ヶ月後にまた来いと言はれた。しかしそれを待たず、三四日で死んでしまつた。だからぷん太の墓は荻窪の家の前の公園の隅にある。

やがて次女も嫁ぎ、老夫婦だけとなり、九間あつた家も老朽化して傾き始めたので、もつと狭い集合住宅に引つ越すことにした。その際主人の念頭にあつたのは「年を取つてからこそ、ごみごみした都会で暮せ。田園生活などといふことを考へるな」といふ、先輩の忠告だつた。主人は、それまでの見聞から、これに深く共感したのだつた。最初、佃島を吟行してゐて、リヴァー・シティと称する高層マンション群を見て、こんなところに住みたいと考へた。それを不動産屋に相談すると、「冗談ぢやない。あそこは億ションか数億ションばかりだ」と一笑に附された。「ただし橋を一つ隔てれば、中古の安物もないことはない」とのことだつたので、「ぢや、そつちの方を探してくれ」といふことになり、七年近く前に、今の勝鬨の3DKに来たのである。

千代も一緒に連れてきた。多分もう卵は生まなくなつてゐたが、まだ元気だつ

URが数年前に建てた55階マンション　我がマンションのすぐ裏。こちらより45階ばかり高いが、高きが故に貴からず。

聖路加國際病院　吾輩の日記は平成 25 年の秋で終りにした。その後、大きな声では言へないが、26 年になつて、主人が右足かかと、細君が右二の腕をそれぞれ骨折し、救急車でここに担ぎ込まれた。面倒を見に来る娘たちに対する主人の低姿勢なること！　平素の唯我独尊ぶりをかくまで、安っぽく変へられるとは！　主人はここのチャペルの、やや荘厳な雰囲気が嫌ひではないらしい。日本におけるカトリックの総本山ともいふべき東京カテドラル（丹下健三設計）を吟行した際、主人は後者を、薄つぺらな近代主義！と口を極めて罵つた。

石川島の人足寄場跡　上流から石川島、佃島と連なるのだらう。その境は、大川から佃堀への水路（住吉神社の脇）であるといふのが主人の考へである。しかし、住居表示変更のせゐかどうか、石川島といふ名のつくところは殆どなくなつた（リヴァーシティーも本来は石川島）。しかしここだけは石川島と言はざるを得ない。といつて、人足寄場跡の説明板と、古い灯台を模した建物以外、往時を偲ぶよすがは一切ないが。

た。

やもめなる文鳥守りて日向ぼこ

という駄句は、狭いヴェランダにおける当時の実景である。その後何年生きたか、千代は次第に老衰し、餌箱に這入り切りといふ状態がしばらく続いた後、ある朝死んでゐた。

だから千代の墓は、大川端の勝鬨橋の近くにある。長女の方の孫たちは、両方にお詣りした。次女も、今でも荻窪の方まで時折詣る。

主人は以上を顧みて、「自分の至らなさから、あの二羽には不幸な生涯を送らせることになつてしまつた」と今でも時折悔む。その思ひが吾輩に対する溺愛につながつてゐるのかもしれない。

次女の下の子はまだ生後二ヶ月ばかりだから問題にならない。上は間もなく三歳だが、少し前、吾輩の籠の中に入れて来た指を少し強くつついてやつたら、以降吾輩を見ると、「恐い、恐い」と言ふやうになつた。ために皆がダイニングで食事をするやうな時には、吾輩は屢々別室に移され孤独をかこつ仕儀となつた。

中央大橋　人足寄場からやや上流。この橋の派手な形式にどんな意味があるのか、主人にも分らない由。

勝鬨橋　主人は昔からこの橋が好きで、年末恒例の銀座・築地吟行では、これを渡つてすぐに引き返すのが常だつたとか。但し此岸が隅田川の中州とは、自分が引つ越して来て初めて知つた由。迂闊といふべきか、無頓着といふべきか、はたまた阿呆といふべきか、吾輩は評することばを知らない。

築地側から見た勝鬨橋

勝鬨橋から河口を望む　屋形舟が二隻見える。主人は嘗て職場のOB会に鯊釣り舟の世話を頼まれたが、値段を聞いて吃驚し、格安のもんじゃ屋形に切り替へた。

この孫、先日などは「鳥は玄関にゐる！」と言つた。命令形の代用の終止形である。帝国陸軍などでは「銃をしまふ！」といふ形の命令があつたさうである。

まあ、この時主人は聞えないふりをしてくれたので、吾輩は玄関蟄居を免れた。主人はこの孫と吾輩の関係改善策を考へてくれてゐるやうだ。

マルクスの労働価値説

　夕方六時ごろ主人が帰つてきた。日比谷公園吟行の句会に行つて来たらしい。細君の他に、珍しいことに、全く珍しいことに、長女の旦那貫一と次女の旦那悟がこれを迎へた。彼等は吾輩にちよつかいを出しながら、主人を待つてゐた。貫一も悟も偶然ながら平塚に住んでゐる。貫一は山奥の戦国時代からつづく旧家の跡取りで、特養ホームを経営してゐる。悟は数年前、平塚駅からバスで十分くらゐのところに建売住宅を購入、ＪＲに勤務してゐる。

　ダイニングの卓には、既に酒肴が並んでゐる。珍しいのみならず、主人にとつては理想の場面である。

　元来３ＤＫを選んだのは勿論金銭を惜しんだからだが、老夫婦二人にはそれで十分と考へもしたのである。たしかに、それに違ひはないが、そこには二人の娘とその家族、及び他の客についての考慮が全く欠けてゐた。これは主人も細君も同様で、不覚のいたりだつた。長女一家と次女一家を同時に泊めることが出来ないのである。正月に関して言へば、次女達は暮から来る。そして元日の夜だけ、その日にやつて来た長女一家と食卓を囲んで簡単に乾杯して、入れ違ひに帰つて行く。

これを特に主人は嘆き、「せめて3LDKにしておけばよかつた」とこぼした。両方を一緒に泊め、就中二人の婿とゆつくりイッパイやりたかつたのである。

主人はどちらの婿もかなり高く評価してゐる。何ごとも真剣に考へ、取り組む姿勢が見えるが、一番嬉しいのは、彼等が思想的に軽薄でないことである。といふことは、主人同様に世間の流行を嫌ひ、片意地であることを意味してもゐるが。

まあ、これには主人が娘達に施した徹底的反共反動教育の間接的影響もあるかもしれない。元来主人はマルクスの『資本論』を読んでゐない。その前に、小泉信三の『共産主義批判の常識』一冊を読んだだけで、早々と基本的立場を決めてしまつたやうな男だ。従つて、その説くところは荒つぽい。潜水夫が同じ深さに

国旗掲揚台　市場を出て勝鬨橋に向ふと、すぐの所にある。「八紘一宇」だの「紀元二千六百年」(因に主人はこの年に生れた)だのの文字が見えるが、今は顧みる人はゐないやうだ。近くのマンションから出て来た御老人に「国旗を揚げることはあるのか」と訊くと、「さあ、見たことありません」と素っ気ない返事。主人はがつかりしたやうだ。

築地・波除神社の茅の輪　前にそつと言つたやうに、骨折した主人はステッキをついてヨタヨタなので、くぐることは遠慮したやうだ。

もぐつて宝石を拾つて来た場合と石ころを拾つて来た場合とでは、そこに投ぜられた労働費用は同じだ。だからとて宝石と石ころの価値が同じだとは言へない。従つて労働によつて価値が定まるとすることは誤りだ。労働に先立つてまづ価値があり、その価値のために人々は労働するのだ——かういふ大ざつぱな説き方で、主人は娘達に労働価値説の成立しないことを教へた。マルクスといへども、そのくらゐのことには多少気づいてゐて「如何なる物も使用対象たることなくしては価値たることを得ない。物が無用であるとすれば、その内に含まれてゐる労働も亦無用であつて、斯かる労働は労働とは認められず、随つて何等の価値をも形成するものではない」と言つてゐる。その先、さうだとすれば、有用であつても、有用の度の大小によつて、等量の労働により造り出される価値は異り得る、と進まなければ、真の労働価値説批判にはならないのに、主人はこの後半を省いてしまつた。もつとも娘たちは主人をさして尊敬してゐるとは見えず、そのマルクス批判にどこまで服してゐるか分らぬが、この主人の安直簡易理論が婿選びに全く無関係であつたとも限らない。

同神社お歯黒獅子　獅子の鼻の穴は主人にとつて絶好の句材。

それはともかく、貫一、悟とも明日は朝から東京で会議や仕事があるので、今晩泊めてくれといふことになつたのである。あるいは、かねて主人の願望を知る細君の計ひもあつたのかもしれない。ただ二人は気の毒にも、今晩六畳一間に男二人枕を並べなければならないことになつた。

しかし喜色を表した主人は「すまん。ちよつとシャワーを浴びさせてくれ」と言つて風呂場に飛び込んだが、五分もたたぬ内に、シャツに首を通しながら出て来た。

貫一が「お父さん、御無沙汰しました。今日は大江戸線で来て、一つ手前の築地市場で降りたところ、目の前に旭日新聞社のでかい社屋があり、ぶつ壊してやりたくなりました」とのつけから、主人の喜びさうなことを言ふ。「さうかね。すぐそこには造値学会の中央文化会館と称する堂々たる建物があるが、これもぶつ壊してくれないか」と主人は機嫌よく応ずる。

隠れ革マル

悟は若いながら管理職である。明日は労務をめぐつての会議の由。「でも、我が方にも、隠れ革マルが相当ゐるとも言はれてゐるので、迂闊なことは言へません。疑心暗鬼です」。「ネットを見ると、労使癒着といふことが盛んに書かれてゐるね。私が関係してゐた国営企業でも、人事が労組によつて決められるといふやうなことが屢々言はれたが、今でもＪＲにはそれが多いらしいね」と、これも主人の得意分野の話題である。

貫一「今日の句会の成績はどうでした？」

主人「きはめて不成績だつた。まあ毎度のことだけどね。ただ松本楼の入り口で作つた『優曇華や展じて対史売国史』は、必ず零点だらうと思つてゐたら、普段進歩的な人が二人も採つてくれて意外だつた」

悟「あつ！　あの玄関に孫文等の写真が掲げてあるところ……」

主「さうさう」

悟「私もあれを見た時腹が立つてしやうがありませんでした。お父さんも同じで、その気持が〝優曇華〟の句になつたのですね」

貫「私も何年か前結婚式に出て、あれを見ました。髯を生やしてもつともらしい顔をした孫文の写真が中央にかかつてゐますね。私は俳句を始めてまだ半年なのでよく分りませんが、この季題は効いてゐるんぢやないでせうか」

主「松本楼創設者と姻戚関係にあるとかいふ梅屋庄吉夫婦が、椅子に腰かけた孫文をはさんで立つてゐる写真もあつた。この梅屋といふ貿易商とやらは、孫文に対して『君は兵を挙げよ。我は財を以てそれを支へん』と言つたとか。その資金援助の額は、今の金にすれば一兆円にもなるとか。これは『売国』とは言はないかもしれない。金を受け取つたのは向うだからね。『献上』と言ふべきだらうか。総理大臣時代の福田康夫が馬鹿ヅラをさげて胡錦濤と並んで立つてゐる写真もあつた」

貫「私は結婚式に早く行き過ぎたので、同業者と二人で、あそこのソファーに坐つて時間をつぶしました。同業者は、孫文を立派な風采をしてゐる。人物も立派だつたのだらうと言ふので、あの支那人が如何にインチキ野郎か説明しようかと思ひましたが、そんなことが通じるやうな相手ではないので、黙つてゐました」

主「同業者はそんなにお粗末なのかね」

貫「人によりますがね。そんな話には馬耳東風の者もゐます」

悟「私の直接の上司はどうも怪しいのです。革マルと通じてゐるのではないかと疑つてゐます。だから剣呑で、職場で孫文を罵つたりは出来ません」

主「ところで、あなたがたには、以前に孫文についてしやべつたが、内田良平の『支那観』を読んだかね」

悟「平塚市の図書館で読みました。あそこは意外に充実してゐます」

貫「私はアマゾンで取り寄せました」

主「ほう、大正二年発行の古い本が、アマゾンで買へるのか。感想はどうかね」

貫「私は、基本的には今と全く同じだと思ひました。日本人と支那人――」

主「同感」

悟「そのとほりですね。頭山満、宮崎滔天といつた右翼の超大物が孫文によつて、いゝやうに扱はれ、唯々諾々とこれに従ふ。そして次々と金を騙し取られる。金を貰ふ方がいばつてゐるんですね。馬鹿らしいと言ふべきか、いぢらしいと言ふべきか……」

破るための約束、裏切るための附合ひ

貫「孫文は日本の資金援助に毫も恩誼を感じてゐませんね。平気で日本を裏切り、共産主義者と提携する。『中国革命』は排日、反日を基本路線として、それまで最も露骨に支那を侵掠してゐた欧米の支援を受けながら、日米対立を煽りましたね。大東亜戦争の一つの要因でせう。あの頃の支那の乱れ方は言語道断で、日本として放つておくと自国が大きな危険にさらされるので、出て行かざるをえなかつた。それが、日本が支那を侵掠したといふ神話になり、日本にもさう信じてゐる人がゐる。救ひやうがありませんね」

主「まあアメリカの側にも、理不尽にも日本と何が何でも戦争したいといふ情熱があつたから、両々相俟つてのことだらうけれどもね。内田良平も黒龍会といふ右翼団体を主宰したが、冷徹な目でよく見てゐるね。孫文を初めとして支那人には恩に報いるといつた考へは全くない。日本はあれだけの大戦争で、あれだけの大敗北を喫しながら、この点に全く気付いてゐない。戦後もＯＤＡとやらでどれだけむしり取られたか。そして今でも〝反日〟が基本だ。フランスあたりの国営放送では、反日番組が頻繁に流されるらしいね。これは支那の工作によるもので、日本が対策を取らないのだから、しかたがない。貫一君のところの子とは上野動物園に何度か行つたが――」

貫「ほんたうにありがたうございます。いつも可愛がつて頂いて。東京の主な場所は全部お父さんに連れて行つて頂いてゐますね」

主「こつちが嬉しいんだから。だけど、今のパンダは見せてゐない。彼等が望まないからだ。子供もあのくらゐの年になつたんだから、私としてはほんたうの事を言はなければならないかと思つた。パンダは支那のものではない。チベットのものだ。支那は暴力でチベットを抑へつけてゐるのだ。チベットが支那の領土だなどと考へてゐる者はゐない、と。あつ、オバマさんは支那のものだと言つてゐたか。まあハワイがアメリカ領であるのと同じやうなものか。全然関係ないか。

とにかく彼等が興味を示さないので、私もややこしい話をせずにすんだ」
貫「あそこは、アメリカに併合される前に、明治天皇に助けを求めたさうですね」
悟「大東亜戦争に至るまで、日本と支那は何度停戦協定を結んだか知りませんが、全部支那がこれを破つてゐます」
主「さうだらう。連中にとつて約束は破るためにする。人とは裏切るために附き合ふ。自分さへよければ、しかも今さへよければいゝ、といふのが支那人だ。元々易姓革命の国であるのに、あれほど頻繁に異民族に侵入され、その王朝まで建てられた。漢族などといばるが、今ではほとんどが異民族との混血で、純粋な漢民族なんて滅多にゐないだらう。現王朝よりも前のことは全て否定される。だから血縁と金銭以外は信じられなくなつてしまつたのだ。私も参加させて貰つてゐる御仁志莞爾先生主宰の……」
貫「あつ、お父さんと対談本を出されたあの御仁志先生……」
主「さう。その先生主宰の勉強会の講師に、支那から日本に帰化した石平といふ評論家を呼んだ時は、『福田康夫総理は胡錦濤を〝誠実な〟と評してゐたが、ちゃんちゃらをかしい。〝誠実〟でゐて、どうして支那のトップになれるか』と……」

悟「そのとほりですね」

主「もつともそのあとの懇親会で私が、石平さんがあつさりと帰化したことを茶化したら、『ぶん殴るぞ』と怒つてしまつた。幹事からも翌日、『彼はそのことを気にしてゐるんだから』と注意された」

貫「それは愉快ですね。私は勿論知らないから、なんとも言へませんが、祖国を捨てる人については、その心情をよく考へる必要がありますね。どうしてもさうせざるを得ない場合もあるが、簡単に人や国を裏切つて平気といふ人も絶無とは言へないでせう」

悟「日韓併合だつて、今は怪しからんことのやうに言はれるが、もともとは向うが望んだことでせう。あるいは、英米から、日本は隣なんだから、あの汚らしい未開人を何とかしろ、責任を持てと言はれたこともあるやうですが」

貫「創氏改名も日本が強制したなどと因縁をつけてくるが、とんでもない。あれを望んだのはあちらでせう。そして、朝鮮人が大日本帝国臣民になつて急にいばり始める……」

主「骨の髄からの事大主義だね。強いものには尻尾を振りまくる。そしてその分、弱い者にいばり、いぢめる。まあ、あの国には独自の歴史がなく、ほとんどが支那の属領だつたのだからしやうがないのかもしれないが。ヴィエトナム戦争時の韓国の蛮行が最近はネットなどによく出るね。むごたらしい拷問、虐殺の方法などは支那と全く同じだ。比較的穏やかなところでは、強制された慰安婦といふ存在もゐたらしいがヴィエトナムの女は韓国の女と違つて恥を知つてゐるから、名乗り出ない。これで韓国はずゐぶん助かつてゐるさうだ。韓国の婆さん達は金になるかもしれないと思へば、自分は日本軍に慰安婦にされたなどとのこのこ出て来るね。そして調べてみたら、真つ赤な嘘だつた……」

今こそ「脱支」・「脱韓」を

悟「日本が支那に騙されつづけ、金を取られつづけたことは先ほど話に出ましたが、日韓併合によりどのくらゐの金を使つたのでせうか」

主「私は詳しくないが、どこかに統計があるだらうね。少くとも植民地を搾取しようなどといふ気がなかつたのは確かだ。もつとも、その気があつたとしても、何か頂けるやうな相手ではなかつたが。ずゐぶん持ち出したことはたしかだらう。以前、御仁志先生とイッパイやつてゐた時、先生がしみじみとおつしやつた。『近代の日本は淋しかつたのだね。近くに対等の立場で握手できるやうな存在が欲しかつたのだね』と。これは深く洞察されたお言葉で、事態をよく言ひ当ててゐると思ふ。しかし淋しさのあまり手を握つた相手がまともではなかつた……」

貫「やはり、あそこは福澤諭吉の『脱亜』で行くべきだつた……」

主「さう。アジアの悪友との交際は謝絶しよう……。私は福澤の『脱亜論』の背景はよく知らないが、もう〝懲り懲り〟といつた感じがするね。どんな事情があつたのかね」

悟「その件は少し読んだことがあります。金玉均といふ朝鮮の、清からの独立運動家がゐて、日本に亡命したり、福澤の援助をずゐぶん受けたやうです。福澤はこの金を通じて朝鮮や清の実情をかなり知つたやうです。その金は福澤を裏切つたわけではないが、のちに上海で朝鮮人によりピストルで暗殺されます。その遺体は朝鮮に運ばれ、我等日本人には想像もできないやうな凌遅刑に処せられました。遺体はバラバラにされ、胴体、首、片手、片足、他の手足は、それぞれ別の場所に晒されたさうです。遺髪などを日本人がこつそり持ち出して、福澤邸で法要が営まれ、その墓は文京区の寺とか、青山墓地に今もあるとか書かれてゐます。それ以上は知りません」

主「なるほどね。とにかく、福澤には、朝鮮、支那との附き合ひはマッピラゴメンといふ気持が強いね」

慶應義塾発祥の地

解體新書の碑　病院と道（聖路加通り）一つ挟んだところにある。吾輩はこには来たことはない。主人が足の怪我をする前は散歩コースだつたらしい。

悟「毎度同じ話題で申しわけありませんが、支那に限らず世界中から日本が騙されつづけるのはいつになつたらおしまひになるんでせうか」

〝洗脳〟は原則として墓場まで

主「GHQによる洗脳のこと？　それならあと百年か、国がつぶれるまで終らないか……」

悟「以前お父さんから、洗脳に対する態度が、中学二年の時と三年の時で変わつたといふ話を聞きましたね。中二では、同級生の女の子が書いた『戦争、あゝなんといふ厭な言葉なのでせう』といつた作文を、よく書けた例として先生が教室で読み上げた。これに対してお父さんは内心でせせら笑つた。お父さんが天邪鬼なせゐもあるが、それだけでなく、こんな作文をよしとする先生はをかしいし、この女の子は決して心の底からさう感じてゐるわけではなく、ただ教へられたとほりに、周りの雰囲気に合せて――といふより雰囲気に呑まれて書いたに違ひないとはつきり感じたといふことでしたね。ところが中三になつて高校受験の勉強を始めると、日本国憲法の前文や九条をさしたる抵抗もなく暗記してしまつた……」

主「さう。あの醜悪な条文を覚えた。あれは日本語かね。忌々しいことに、憲法なら今でもすらすら言へるよ」

悟「中二から中三へ、進歩したのか堕落したのか……」

主「これはね、どちらでもないと思ふんだよ。ひねくれ根性とかも別にして、単純にかういふことだらう。つまり自分の身近かな同級生の女の子が洗脳――そんな言葉はまだ知らなかつたらうが――されてゐるのは明かに分つた。これは彼女が自分で考へたことではない、と。でも憲法など国全体が洗脳されてゐることは、あまり明瞭には感じ取れなかつた」

一生、紋切型で済ませられる仕合せ

貫「それが正解でせうね。お父さん、それで思ひ出しました。この前お借りした俳句サークルの会報をお返ししに持つて参りました。永々ありがたうございました」

主「どうだつた？　感想は？」

貫「実におもしろい。傑作ですね」

悟「何が書いてあるんですか」

貫「サークルの北海道支部長の俳句について二人の女性が鑑賞文を書いてゐるんだ。それがとことん洗脳されつ放しであることを一〇〇％さらけ出してゐて、なんとも興味深かつた」

主「支部長さんの俳句はどういふのだつたつけ？」

貫「『兵我ら無言でありき琉球忌』……」

主「い丶句だね。貫一君、君も俳句をたしなむんだから、この句を鑑賞してみせたまへ」

貫「私のやうな新米がをこがましいのですが……。私は、この句の眼目といふか、要は『兵我ら無言』だと思ひます」

主「そのとほり」

貫「そこに作者は勿論、周囲の者の表情がよく描かれてゐます。全体の情景も目に見えます。そこで作者の思ひは尽きてゐて、その描写力は大変なものだと思ひます」

主「おいおい、君はヒヨッコのくせに、俳句を読む力をそこまで養つたのか。どうも驚いたな。お見それして申しわけありませんでした」

貫「ほんたうにお褒め頂いたと受取つてよろしいでせうか」

主「い丶とも、それほどシャープな批評は、どんなヴェテランでも滅多に出来ることではない」

貫「ありがたうございます。悟君、今お父さんとお話したやうな俳句なのだ。ところが二人の女性は、肝心の情景描写については何も言つてゐない。つまり一番大切なところはすつとばして、いきなり『反戦』『平和』の方に走つて、そこで口角泡をとばす。どんなことを言つてゐるか、ちよつと読み上げてみようか」

悟「え丶、お願ひします。今までのお話からして、さぞ洗脳されたせりふが続出するんでせうね」

貫「そのとほり。笑つちやいけないよ。『又あのような世の中になるのではと不安が募ります』……」

悟「あれ、その文句は防衛庁が防衛省に昇格するときも聞きましたね」

貫「さうだね。自身の心の内奥から出た言葉ではないんだから、至るところでバッティングすることになる」

主「六〇年安保を初めとして、何度同じせりふが使ひまはされたことだらう」

貫「このおなじみのフレーズの前には、『忘れられない句ですが、附記を拝読し軽々に鑑賞文に取り上げられない御句と改めて思っています。……いろいろな事を考える日々を送りました』とあります。おそらく作者の付記に戦ひの苛烈、悲惨であつたことが書かれてゐたのでせうね。これに対して筆者はただただ恐懼するのみ。そして完全な無思考。『考える日々』とは言ひも言つたりですね。本人はそのつもりかもしれないが、何も『考え』てゐないことは明かですね」

主「さう。出来合ひの観念に乗つかつた人は、そのことをよく『考へる』と言ふね。まあ、そんな気がするんだらうね」

貫「お父さんは御仁志先生との対談で、『知らないで言ふ嘘』といふ言葉を使つてゐましたね」

悟「御仁志先生は『自分で自分を騙す』とおつしやつてゐたんぢやなかつたでせうか」

貫「もう一人の女性はこんな風に言つてゐます。これも笑はないで下さい。《……心をゆさぶられました。「国家」とは何なのでしょう。国民の生命を守るはずのものが、前途有為な青年に肉弾特攻の訓練をさせ、いったい何を守るのでしょう。送り出す御両親の思いはいかばかりだったでしょう。心が傷みしばし瞑目いたしました。「最後でなければならないと念じています」のフレーズがくり返し脳裏をめぐっておりました。正しい戦争など無いと言われながら、世界のどこかで戦いはつづき絶えることがありません。来る年が世界中が少しでも平和になることを祈るばかりです。日本の平和も永遠でありますように》。紋切型もこゝまで徹底すれば見事ですね。どう思ふ？　悟君」

悟「さつきお兄さんがお父さんに褒められたやうに、この句のポイントは情景描写でせう。『兵我ら』は打ちひしがれて口をきくこともしない。皆下を向いてゐたことでせう。なんとも暗澹たる場面ですね」

主「悟君、君もそこまで俳句が分るのかい？」

悟「生意気を申してすみません。今の女性お二人はその場面を論ぜずに一気に『平和』を、それも憑かれたやうに語り出す。二人とも、同じ調子で、同じ言葉で。まあ洗脳された人たちの特徴といふか、洗脳の基本的症状ですね。この句はイデオロギーを売り物にしてゐるわけではないでせう。『無言』の先にあるのは、無論『平和』でもい丶が、『博愛』でも、『四海兄弟』でも、『忠君愛国』でも『悠久の大義』でもいゝ筈です。どれであつても句のよしあしには関係ありません。『平和』故にこの句を貴しとするのは正しくないでせう。『平和』には決して一句の価値を保証する力はないでせう」

主「君がそこまでの見識を持つてゐるとは思はなかつた。改めて敬意を表するよ」

貫「この二人の女性の知能程度、お父さんの中二の時の女の子と変らないんぢやないですか」

主「知能程度は関係ない。それとは別に、一旦金縛りにあふと、ほぼ永久に抜けられないのだ。それが洗脳。日常生活ではまともなんだよ」

貫「しかしお二人とも相当いゝお年なんでせう」

主「まあね。大抵の場合、一旦洗脳されたら、そのまゝ墓場までだね。都知事なぞをやつた青島幸男といふのがゐたらう。それからまだ生きてゐるが、橋田壽賀子といふ脚本家。二人に『信条は？』とインタヴィウすれば、ハンで押したやうに『反戦』といふ答が返つてくる。ＧＨＱに教へられたことが骨のズイまでしみ込んでゐるのだ。私はさういふ人たちのマインドコントロールを解かうと試みたことが何度かあつたが、一度も成功しなかつた。なにしろ正義は我にありと考へ、その信念は自分で苦労して獲得したつもりなのだから、〝雑音〟には耳をかさない」

悟「お父さんがGHQのマインドコントロールを脱したのはいつですか」

主「それははつきりしないね。昭和二十三年の極東国際軍事裁判の判決を、NHKラヂオは実況中継した。私は小学三年生だつたが、『東条英機、絞首刑の宣告を受け退廷しました』を聞いて『ザマー見ろ』と思つた。東条は極悪人であると刷り込まれてゐたんだね。今思ふとぞつとするが、それがいつから変つたといふはつきりした自覚はない」

悟「お父さんのお師匠さんである御仁志先生と、戦後民主主義の申し子大江健三郎は大学の同級生ですね。独文と仏文の違ひはありますが」

主「俳句の集まりで、私は『大江健三郎のバカ』と口走つたことがある。それを、さつきの『平和』愛好の女性に聞かれて、『大江健三郎のどこがいけませんか』と詰め寄られ、どぎまぎした。あとで、その次第を御仁志先生に話したところ、先生は笑つてをられた」

貫「同じ年齢、同じ大学で、これほど人間の品格に違ひが出るんですね」

主「悟君、今日はずゐぶん飲むぢやないか。無理に附き合はなくてもいゝよ」

悟「稽古をしてかなり飲めるやうになつたのです。しがない宮仕へで、いろんな連中と肚の探り合ひをしなければならないやうな立場におかれると、酒でも呑んで憂さ晴らしをしなければ……。その点、お兄さんのやうなトップ経営者はいゝな。でんと坐つてゐればいゝんでせう」

貫「とんでもない。『社会福祉法人』といふ立派な看板は頂いてゐるが、中小企業で、儲けは出してはいけないことになつてゐる。人が人を扱ふ仕事なので、マニュアルどほりに行かない、ややこしいことが多い。うちだけではないが、職員の待遇は決してよくないので、従業員の出入りも少くない。引き抜きだつてある。御承知のとほり、最近は他の商売で大儲けした人達が参入してくる。一つには、『社会福祉』といふ箔をつけるためだが、同時に抜け目のない商売をすることもあるので、うちのやうに福祉だけで来たところの経営には、気の休まることがない」

悟「それはさうかもしれませんね。失礼しました」

主「貫一君はチェザレ・ボルジアだの、オクタヴィアヌスだのの話になると、やたらに詳しいが、自分の家の歴史については、殆ど語らないね。戦国時代からつづいて、君が十六代目になるんだつけ？　菩提寺の妙融寺に行つて栞を貰ふと、大半の記述はあなたの家のことだ。御先祖が自分の家のために、丸抱へで建てさせたんだね。当然寺はあなたの家より新しく、文禄——秀吉の時に建てられた。御先祖は江戸時代には庄屋として、あのあたり一帯をほとんど押へてゐたが、当然明治には苦しくなつてきた。敗戦後の農地改革で多くを取られたり、役場、学校などを建てる場合は、当り前のやうに土地を寄附させられた。それでも、何千坪もの土地が残つてゐるのだらう。今どき、土塁に囲まれ、空濠もある屋敷に住んでゐるなんてすごい。御先祖は家の存続には相当の尽力をされたに違ひないが、特養ホームは、君のおぢいさんが銀行で偉くなつて定年退職されたあとに始められたと聞いてゐる。とすれば勿論金儲けのためではなく、素封家として、地域への奉仕が主眼だつたのだらう。それだけに、ホームの三代めとしての経営はむづかしいのだらうね」

貫「おつしやるとほりです。ホームを始めた時の借金も未だ返し終つてゐません。それだけに、精神的に家の歴史を振り返つてゐる余裕はありません」

主「ボルジア家のことはあれほど深く研究しても……。そんなものかもしれないね。私なぞの先祖はせいぜい江戸の中頃くらゐからしか分らない。その前はどこの馬の骨ともしれない。それだけに、あなたの家などは羨しいんだが、旧家なりの、私などが知らない苦労も多いんだね。それは想像がつかなくもない」

悟「ところで、お父さんの内閣総理大臣安倍晋三に対する評価はどうです？」

主「その前に、御仁志先生に総理大臣に対する評価を質問したことがある。先生答へて曰く、安倍さんの病気はほんたうは治つてゐず、薬で抑へてゐるだけと聞いた。今度病が出たら、死ぬかもしれない。彼はそれを覚悟して命をかけてやつてゐる。だけど、そのことと、真の勇気を出すこととは別だ、と。私はこの先生の評価に影響された、自分の観察を書いて、先月経産新聞に投書をしたところ、見事にボツになつた。それがパソコンに残つてゐる。まあ見てくれ給へ」と主人は、サイドテーブルからパソコンを引き寄せて開いた。

《安倍内閣、前回と同じ道を行くのか

安倍内閣は発足以来高い支持率を維持してゐる。しかし私はかねてから第一次安倍内閣の轍を踏むのではないかと不安を抱いてきた。

まづ、政府主催で開くと公言してゐた「竹島の日」の式典をとりやめたこと。新たに発足した朴政権への配慮らしい。これに対して女大統領はどう酬いたか。前回もかういふ「配慮」はのべつなされた――それが政権崩壊の一要因だつたらう。

本紙五月十六日の報道では、前日の参院予算委員会で、首相は「村山談話」に対する認識を軌道修正した由。同談話について四月二十二日・二十三日の同委員会で「安倍内閣として、そのまま継承してゐるわけではない」「侵略の定義は定まつてゐない。国と国との関係で、どちらから見るかで違ふ」と発言してゐたのに、五月十五日には「過去の政権の姿勢を全体として受け継いで行く」「日本が侵略しなかつたと言つたことは一度もない」といふことにしたさうだ。

靖国（春季例大祭）参拝についても「どんなおどかしにも屈せず」と元気はいいが、それは閣僚のことで、自身は真榊奉納だけですましてしまつた。前回参拝しなかつたのは「痛恨の極み」ではなかつたのか。それとも、今の勢ひからして長期政権になるので、いつでも行けるといふことか。

威勢がいいのは初めだけで、あとはずるずると後退を重ねる。第一次内閣と変つてゐない。本紙の報道では「軌道修正」といふ上品な言葉を使つてゐるが、下世話に言へば、「食言」「二枚舌」といふことになるだらう。

政治に妥協はつきものだ。しかしこちらが一歩を譲れば相手も一歩譲つてくれるのか。逆に、土足で一歩踏み込まれるに決つてゐることはとつくに学んだ筈ではないか。明確に理由を示さずに、立場や方針を勝手に変へることが、如何に自身を弱くし、人の信用を失ふか。前の失敗にもかかはらず、未だ悟つてゐないのではないか。寒心に堪へない。》

主「十分意を尽したとは思はないが、どうかね」

〝左翼政党〟自民党と安倍総理大臣

貫「よく書けてゐますが、安倍贔屓の経産新聞が採用するとは思へませんね」

主「それは同感。私も95％ボツだらうと予想してゐたよ」

悟「おつしやるとほりポイントは〝妥協〟でせう。遼東半島を差し出した上での臥薪嘗胆が必要な場合もありますが、お父さんの上げられた三つの案件がそれに該当するかどうかですね。安倍さんははつたりやいやみが少く、人柄はよささうですね」

主「それも同感。こちらがあまり反感をおぼえないのも人徳だらう。私は『信用を失ふ』なんて書いたが、勉強会仲間の若い人は〝保守〟だの〝右翼〟だのは選挙では全く票にならないと言つてゐた。押されればずるずると退くのがいゝのかもしれない。去年十二月の総選挙の数日前の勉強会で、御仁志先生が、一番私心の少いのは安倍さん、一番私心の多いのが石原（愼太郎）さんと言つてゐた。勿論私心の多寡と総理大臣としてのよしあしは別だけれどもね」

貫「安倍さんが奥さんと手をつないで、飛行機のタラップを降りてくる。あれは寒気がしますね。日本には昔からあんな風習があつたのですかね」

主「日本人が人前でかみさんと手をつなぐか。その醜悪さを自覚してゐないのだ。あの韓流好きとかのかみさん、感じが悪いね。私もぞつとするよ。安倍さんは、日本の伝統といふやうなことを時折言ふが、あの姿は、日本人の美意識に著しく反するね」

貫「ところで、これは以前にお父さんから聞いたことですが、御仁志先生は石原愼太郎に対して厳しいやうですね。愼太郎には、前にも総理になるチャンスは何度かあつた。それを逃したのは勇気がなかつたからだとおつしやつたとか……」

主「たしかさうお書きになつてゐたな。最近では、四選目の都知事選には出な

石原慎太郎都知事筆の碑文

いと思はれてゐたシンちゃんが出ることになつた時、私は怪しいと思つた。これは石原さんを総理にしたくない森喜朗元総理の陰謀ではないかと疑つてゐる。自分たちは息子の伸晃君を幹事長→総裁→総理にすべく努めるから、あなたはもう一度都知事になつてそちらから支へてくれないかと持ちかけた。親馬鹿のシンちゃんはまんまとこれに乗つてしまつた。自分でも色気はあるが、息子がさういふことになるのなら、そつちに協力しようかといふ気になつたのだらう。石原伸晃は幹事長の時、支那は尖閣に出て来ない、何故ならそこに人が住んでゐないから、と馬鹿みたいなことを言つた。人がゐなければどうして来ないのか——そんな理屈はありえない。ところが、その翌日シンちゃんは都知事として記者会見し、『伸晃がさう言つたらしいな。まあ支那が来ないといふのには、戦力に差があるといふことも根拠になつてゐるのだらうが』とわざわざ息子を庇つた。伸晃は脳が足りないだけで、そんなことは少しも言つてゐないのに。要するに、親爺さんとしては、息子が可愛くてしやうがないのだ。それは当然だが、国よりも息子の方が可愛くなつては困る。元来あの親子は仲がいゝ。互ひに支へ合つてきたし、今度もそのつもりだつたらう。しかし結果は逆で、足をひつぱり合つたことになつた。私は伸晃に言ひたかつた、親爺さんをもつと偉くしたかつたら、自民党の中でうろちよろするな、と。親爺も都知事などは三期でやめて、すぐに国政復帰の方に進んでゐれば、今ごろは……。あつ、すまん、安倍さんの話をシンちやんにそらしてしまつて」

貫「いゝえ。そらしたのは私です。まあ安倍さんは人柄もいゝし、一応の見識もありさうですね」

主「さう、時折ぐらつくにしても、基本は正論らしいことを言ふ」

悟「休みも全く取らず、あちこちと飛び廻つてゐますね。あれでよく倒れないものだと思ひます」

主「全くさうだ。一種の躁状態のやうにも見える。さきほど触れた御仁志先生のお言葉にあるやうな覚悟のせゐかもしれない」

貫「これで、腰を据ゑてしつかりと踏んばつてくれるといゝんですけどね。アルジェリアでテロがあつたのは、今年の一月ですかね。あの時イギリスのキャメロン首相はアルジェリアの首相に対して『イギリスに何か出来ることはないか』と訊いたが、安倍総理は『人命尊重第一主義で対処して欲しい。テロリストへの攻撃をやめてほしい』と言つて『それは無理だ』とはねつけられたさうで、私はこれを報道で読んだ時、顔が赤くなるほど恥かしかつた。これでは、なんの為に民主党から代つたのか分らない。そして、これもお父さんから聞いた御仁志先生の『自民党は左翼政党で、その議員の多くは福島瑞穂なみ』といふ評を思ひ出しました。あれは三年だか四年前に自民党が政権を失ふよりずつと前のことでしたが、やはり一度や二度の政変では、基本的な体質は変らないのでせうか」

主「でも、福田赳夫元総理大臣の『人命は地球よりも重い』よりは大分マシなんぢやないか。安倍総理は靖国には八月十五日にも行かないのぢやないか。秋季例大祭はどうか分らないが。君たちはどう思ふ?」

悟「今回総理になつたばかりの頃、すぐに行かうとしたが、周囲に止められたといふ説もありますね」

主「それは本人の腰が定まつてゐないからだ。いつそ政務に少しでもヒマが出来たら、毎日でも靖国に参拝したらいゝのぢやないか。それなら支那や韓国も疲れて何も言はなくなるだらう。それに参拝は英霊のためだけぢやない。英霊の前に額づけば心が澄み、いゝ知恵も出るだらう」

貫「賛成。でも私は年内に行けばいゝ方だらうと思ひます。しかし、たとへばTPPの主導権を取つて年内に決める――などとアメリカの多国籍企業の走狗となりかねないやうなことにはあれほど威勢がいゝのに、日本人の魂にかかはる靖国参拝については、『するかしないか言はない方がいゝ』とはどういふつもりなのでせうか。まあ苦慮してゐる様子はうかがへますが」

主「もつとも小泉総理のやうに、『如何なる批判があらうと必ず八月十五日に』と言つておきながら、二日繰上げて十三日に行くといふやうなこともよくない。あの時はほんたうに腹が立つた」

悟「御仁志先生が、〝狂気の首相〟と呼んだ、あの人ですね」

主「さう。しかし、小泉さんが後に靖国に来て、ポケットから小銭だか紙幣だかを取り出して、賽銭箱に投げ込んだ時は、もつと腹が立つて、こんな奴には来て貰ひたくないと思つた。そして、『心ならずも戦地に斃れ……』といふやうな談話には、さらに腹が立つた。心底から祖国の為を思つて戦地に赴いて命を捧げた人たちの魂はどうなるのか」

貫「お父さんが小泉嫌ひなのには、郵政民営化のせゐもあるのですね」

「改革の本丸」郵政の現状は?

主「それもないことはない。小泉郵政大臣の時、僕はそばで見てよく知つてゐる。彼は郵政事業のユの字も分つてゐなかつた。あれほど不勉強な大臣は空前絶後だらう。それが『改革の本丸は郵政』とは笑はせる。もつとも、小泉さん以上に何も分らないのに、それにワーつとついて行く国民なのだから、あの程度の政治家が似つかはしいのかもしれない。あのふやけたしたり顔を見れば、中身はnothingだと分りさうなものぢやないか。その後現在に至る郵政事業の惨状については誰も触れない。まあ、如何なる国民も、自分たちのレヴェル以上の政治家を持つことはできない——とは永遠の真理だね。僕はこの間OB——現役でないと意味はないんだが顔見知りがゐなくなつたんでね——に言つたんだよ。郵政の会社を一つでも、早くつぶせ、さういふショックがないと、ボロを隠してばかりゐては、誰も心配してくれないよ、と。あなたがたは、まさかあの時賛成したんぢやあるまいね」

貫「失礼なことをおつしやらないで下さい。私はお父さんから散々聞かされてゐたぢやないですか」

悟「私だつてＪＲ勤務ですから、公共事業を一つ間違へて民営化すると、どんなことになるか分つてゐましたよ」

主「さうさう、ＪＲの、あのなんとかといふ革マルの大物が死んだのは去年だつたつけ？」

悟「さうです」

主「国鉄の民営化では、革マルはがらりと態度を変へ、賛成に廻つたね。それで生き残つただけでなく、組織の拡大、会社への浸透に成功した。彼は民営化の功労者であり、同時に革マルのトップでもありつづけた。そして会社は新幹線技術の支那への提供にも積極的だつたのだから、悟君が上司を疑ふのももつともだ。かくして会社を利用できるだけ利用して自分たちは太り、機を見てその力を投入して日本といふ国を崩壊に導く。それが人類のためだといふのが彼等の考へだらう」

貫「話を靖国に戻してい丶ですか」

主「どうぞ」

貫「安倍さんがなかなか腰を上げない理由は、アメリカの圧力があるとも言はれますね」

主「私は知らないが、それもあるかもしれない」

悟「これも御仁志先生説でしたか。アメリカが日本に原爆と落したり、東京大空襲で無辜の日本国民を大量に焼き殺したのは明白な国際法違反であり、戦争犯罪だ。日本が、それをやられてもしかたのない残虐非道な侵掠国であるといふことにしておかなければ、アメリカは自分の罪から免れられない……」

主「たしかそんなことをおつしやつたな」

悟「とすれば、アメリカとしては、自らの犯罪を犯罪でないとするためには、日本の総理大臣の靖国参拝を認めるわけにはゆかない」
主「さういふことになるね。アメリカは久しく日本に対して大変な悪意を抱いてゐた。今も基本的にはあまり変つてゐないのではないか。まづ北方領土問題はヤルタ秘密協定によつて生じた。これにアメリカが大きくかかはつてゐたことは言ふまでもない。竹島は、アメリカが大統領にした反日テロリスト李承晩が、講和条約直前のどさくさまぎれに不法占拠した。尖閣の不安定さは、ケネディまでは認めてゐた残存主権――沖縄返還後は日本領になる――を覆したニクソン政権に起因してゐる。いづれも、日本の背後を厄介なことにしておいて、日本がまともにアメリカに向き合へないやうにしてやらうといふおもはくが感ぜられるのではないか。それを今ごろになつて、中韓との間に波風を立てるなとは御都合主義も甚だしい。といふことだと一筋縄ではゆかないね。安倍さんが気の毒だ」
貫「安倍さんは、教科書の問題でも、お父さんたちと反対の立場にゐるらしいですね」
主「私は何もやつてゐない。労力も金銭も出してゐない。ただ、陰で精神的に応援してゐるだけだ。この問題はややこしいが、簡単に言へば、『正しい歴史教科書を作る会』なるものが設立されたのは、平成九年だ。それまでの歴史教科書が旧敵国のプロパガンダをそのまゝ事実として記述するだけの、ひどいものだつたことは、あなたがたもよく知つてゐるだらう。初代会長は御仁志先生。そして立派な教科書を出した。採択の結果は、微々たるものだつたが。私が先生と対談本を出した平成十三年にはまだ名誉会長だつたが、私は、先生がこれにエネルギーを消費し、自由な言論活動の方が制約されることをしきりに心配してゐる。『どんなに崇高な目的を持つてゐても、運動と名がつく以上、必ず内に様々な頽落現象が生じる』と書いた。この予想は不幸にして当つた。『様々な』ことは省くが、三代目会長のYは、こつそり支那に行き、対日スパイと関係の深い『中国社会科学院日本研究所』などを訪問した上、各種の勢力――経産新聞の一部も含んでゐる――と共に『作る会』を裏切り、これを乗つ取らうとしたのだ。すつたもんだの挙句、Yを含む多くの人たちが、『作る会』とは別の組織を作り、別の出版社から別の教科書を出した。Yその他は以前から安倍総理に取り入つてゐるので、安倍さんは『あちら側』の人といふことになつてゐる。私としては、安倍さんは両者の区別がつかず、ただなんとなく保守的なものを支援すればいゝだらうと考へてゐるのではないかといふ気がしてゐるがね。安倍さんはずつと以前から自民党若手の教科書連の中心メンバーとして、教科書問題には深い関心を寄せてゐたさうだ。前回の安倍政権の際、右の騒動が起つたので、自分の内閣の時に『作る会』の教科書がなくなるといふ事態を心配して、動かうとした結果、Yたちに嵌められたのではないだらうか。私の勉強会仲間の一人が、この間の顚末を『保守知識人を断罪す』といふ本にして出版、『作る会苦闘の歴史』といふ副題をつけた。そして『安倍総理への緊急提言』といふキャッチフレーズを帯に書いた。この人は大変な熱血漢で、私も仲良くして貰つてゐるつもりだ。ところが、その人のブログへの投稿で、この人に好意を持つてゐる向きから、〈安倍総理は『作る会の側』の人ではないでせう。『あちら側』の人にこちらから提言しても耳を傾けて貰へないでせう〉と言はれてしまつた。これに対して、この人は『言はれることはよく分ります。しかし保守で、今やつてもらふ人間は安倍氏しかをりません』と答へた。この部分を読んだ時は胸がつまつたね。この問題を真剣に考へてくれさうな政治家は、実際安倍さんの他にゐさうもない」

貫「さういふ絶望的な情況下でも、必死に努力してゐる熱血漢もゐるのですね」

主「さう、偉いものだね。もつとも安倍さんとしては一貫して支持してくれてゐるのに、こちらの方が、あいつ等は裏切つただの、どつちが偽物だのといがみ合つてゐるといふ面もあるかもしれない。私も寝つ転つて新聞のコラムを読んでゐて、なかなかいゝことを書いてあるな、と思ひながら、筆者を見ると『向う』の側の人間で、ギョッとすることがある。私は自分が直接闘ひに加はつてゐるわけではないが」

悟「まあお父さんとしては御不満もありませうが、今のところ、安倍さん以上の人物は見当らないのですから、ここはよしとして健闘を祈りませんか」

主「……」

主人はおもしろくないといつた顔をする。しかし反論の材料はないし、可愛い婿を怒鳴りつけるわけにもゆかない。一番年下の悟が一番思慮深さうだ。

核武装が先か、原発が先か

貫「もう一つい、ですか。お父さんは御仁志先生の脱原発論に賛成ですか」

主「さあ、私はそれで日本のエネルギーが足りるかどうか分らないので、なんとも言へない。御仁志先生はかうおつしやつてゐる。原子力発電を先にやるのは順序が逆だ。核武装→原子力船→原子力発電が進むべき順だ。それを違へるから、ウランだのプルトニュームだのの原料を輸入するカナダやオーストラリアに意地悪をされ、がんじがらめに規制されて、核武装できなくされてしまつてゐるのだ、と。先生のこの論拠に対しては私はもつともだと思ふ。異論はない。ただ原料は手に這入つても、核武装を実現するには、相当な戦略が必要だ。日本はイージス艦といふ大変な性能を備へた艦艇を六隻持つてゐて、あと二隻買ひ足すとかいふ話だね。イージス艦は衛星とつながつてゐる限り、大変な威力を発揮する。しか

晴海埠頭の客船ターミナル　名前も立派、施設も立派。しかし主人によると、せいぜい海洋大学の練習船がゐる程度で、客船などが入港したのは見たことがない由。屋内で都主催のイヴェント（物産展？）があつた際、主人は都の職員に「ここにこんなものを作つたのは見込み違ひぢやない？」と訊いたが、相手は笑つてこたへなかつたさうだ。

し衛星との接続がなければ、ただの鉄屑に過ぎない。そして、この衛星はアメリカのものだ。日本としては、アメリカの意に反した動かしかたは出来ない。そこまで首根つこを抑へられてゐるのだ。一度戦争に負けるとは、さういふことだらう。昨今、アメリカの力が弱くなつたやうに言はれ、さういふ面もなくはないが、まだまだ日本などが自由にやれることは少い。アメリカと真つ向から対立しながら事を進められる程日本は強くない。核武装だつて、アメリカの御意向をよく読み、御機嫌をうかがひながら進めるしかないだらう。亡くなつた中川昭一さんが、『日本も核武装の論議くらゐは自由にすべきだ』と言つたところ、ライスといふ女の国務長官が急いで飛んで来て、『アメリカの核の傘で日本はしつかり守られてゐるのだから、余計なことを考へるな』と言つたらう。その意向に反して振舞ふことは容易ではないね。オバマは相当に無能で、プーチンあたりにしてやられてゐるらしいが、日本が無闇になめてかかつては危険だ。まあ傘が壊れたり、調子の悪さうな時を狙つて、アメリカさんだけでは何かと大変でせう。日本も少しはお手伝ひしませう。少くとも日本の安全に関する範囲では……とか言葉巧みに

けふは珍しく、帆船海王丸（帆ははつてゐない、上）
研究船白鳳丸などの姿が見えた。

持ちかけた上で、アメリカの猜疑心を薄めて、ぐんぐんと進めるといったやり方しかないのだらうか。その先、在日米軍にもお引き取り願ふ……」

「保守」を商売にする人々

悟「二三年前でせうか。お父さんのお話では〝SHALL〟とか『直言』といつた保守系の雑誌はさつぱり面白くないとのことでしたが、今でもさうですか」

主「さうだね。ほとんどが千篇一律だ。私などは、師匠が書いた部分以外はあまり読まない。前にも話したが、私の若いころは保守は福田恆存を初めとする数人が孤立無援でやつてゐた。私は新聞広告で福田恆存が『文藝春秋』や『新潮』に何か書いたと知ると、急いで本屋に買ひに行つた。そして、それらの文章を集めた単行本が出ると、また買つて、熟読した。あの頃は『保守』といふと、その下に必ず『反動』とつづき、悪いことの代名詞だつた。昭和四十五年の私の結婚式では、主賓は『私は保守反動ですが』と前置きして話を始めた。それだけに『保守反動』のレッテルを張られた人は信用できた。それがいつからか、三十数年前からだらうか、『保守』の看板を掲げても商売が成立つやうになり、どつと偽物、インチキ野郎が寄つてくるやうになつた。昔は平和産業が繁昌したが、のちに保守業が殷賑を極めることになつた。教科書改善運動がをかしくなつたのもそれと無関係ではない。私も編集者時代偽ものをつかまされたこともある」

悟「お父さんと御仁志先生の対談本のカヴァーのキャッチコピーには『真正保守知識人』なる言葉が使はれてゐますね」

主「さう、昔なら『真正』だらうと『元祖』だらうと、いやしくも本を売らうとする側が、『保守』なんていふ言葉を使ふことはなかつたのだけれどね。この間、知り合ひの編集者と、このインチキ保守について話してゐて、インチキ保守批判といふ言葉を使つたら、『それも溢れてゐます』と言はれた。かうなると、何も論ぜられなくなるね。インチキ保守を難じる超インチキ保守……」

こゝで細君が口を出した「あなた、いゝ加減にしないと。もう十二時を過ぎましたよ。二人ともあしたはお仕事があるんだから。それに、千代だつてねむいでせう」。

主人は「やや、失敬失敬。僕はお腹いつぱいだから、これで失礼する。あなたがたは、よかつたらお茶漬でも」といつて、自分の書斎兼寝室に引つ込んだ。
吾輩も眠い。三人の話は、床屋政談に毛が生えた程度で、吾輩の見識からすればレヴェルが低いが、我慢出来ないほどでもないし、主人が嬉しさうなので、最近に於ける主人と吾輩の良好な関係にも鑑み、文句を言はなかつた。

翌朝、主人が「あゝ、ゆうべは飲み過ぎた」と言ひながら、ダイニングに出て来たのは十時近くなつてからだ。二人の婿はとつくに出かけてゐる。吾輩の籠は細君がきれいに掃除し、餌を足し、水、野菜などを新しくしてくれてあるので、気持がいゝ。睡眠不足はあとで居眠りをすればいゝ。

平成二十五年八月十五日

兜も融ける炎熱の

夕方、主人が靖国神社から帰つてきた。連れが二人ゐる。一人は先日も来た五島剛介。もう一人の老人は椙下康夫といつて、主人の嘗て編集者時代の年上の部下。役所からの天下りがあるので、年上の部下を持つことは珍しくなかつた。吾輩に向つて、剛介はいつものやうに「ふん」と言つただけ、椙下は籠の上に軽く手をおいた。

主人は細君に向つて「総理大臣は来なかつたが、予想どほりだつたので、別に腹も立たなかつた。弁当は旨かつたよ。食ふのは二時ごろになつたが、その前に列に這入つてから、参拝をすませるまで一時間半くらゐかかつた。行きも帰りも、神社の入り口近くで、勉強会仲間が、教科書を正す運動のビラ配りや署名のお願ひをやつてゐた。挨拶したら、今日は暑いから注意してお詣り下さいと言はれた。

注意して貰ひたいのはあちらの方だ。全く頑張るね。脱帽するしかない。参拝者の中の若い人が二人熱中症で倒れたよ」と一気にしやべりかけた。機嫌は悪くない。

元来主人は、日中にぎらぎらした太陽の下で、ハンカチの汗をしぼりながらお詣りするのが、「兜も融ける炎熱の」地で斃れた英霊に対する礼儀と心得、以前はそのやうにしてきた。ところが最近は、夕方涼しくなつてから行くことが多くなり、少し後めたい気もしてゐる。あるいは、福田恆存を崇拝する若い人達の会が、会費も納めてゐない主人を紀元節の昇殿参拝の仲間に加へてくれることもあり、さういふ年には八月十五日の方を省いたこともある。然るに今日は久しぶりに炎天下に並んだので、気が軽くなつたのだらう。参拝後、本殿を背にして歩くと、大村益次郎像の手前左にかなりの広さの緑陰があるが、人はほとんどゐない。主人は、そこで細君製作の海苔弁当をゆつくりと食つた。そして人並みに国家の昔、今、この先を静かに想つた。平素の考へに進展があつたわけではないが、こ

晴海トリトン　商店街？ ビジネス街？ 主人はこの庭に孫たちを連れて遊びに来る。

晴海大橋からオリンピック景気に沸く豊州方面を望む。マンションブームでもある。主人の元上司の未亡人の住居など、5年前に買つたものが今では5割も値上がりしたとか。

の自身の行為に何か意味があるやうな気がして、更に気が軽くなつたらしい。ずゐぶん安上りな男である。

椙下は彼の部下になる前から、雑誌の読者として、小説のやうな、随筆のやうなものを屢々投稿して来て、主人は可能な限りこれを採用した。その抑制のきいたリリシズムが快かつた。話の運び方も巧みで、若い頃文学に大分打ち込んだらしい。もつともイデオロギーには無頓着らしく、反戦などといふ言葉をカッコなしで使つて、そちらに神経質な主人に削られたりした。

主人の部下として働いたのは七八年間だが、実に要領よく事を取り運びまとめてくれて主人は大いに助かり、彼の仕事ぶりをかなり高く評価した。この気持は相手にも伝るのだらう、今でも主人のことを懐しんでくれる。もう九十歳近いだらう。八王子に住んでゐたが、五六年前から文字を書くと手が痛いといふので、元日に賀状の代りに電話をくれて、思ひ出話をすることになつた。それが今年の元日の電話では奥さんと一緒に晴海の特養ホームに這入つたとのことだつた。「ずゐぶん近くにいらしたのですから、一度お会ひしませう」といふことになつたのに、果さぬまゝ今日に至つた。それが今日の帰りに、九段下の地下鉄入口で会つたのだ。五島にはフォームで。

相下はもう酒が飲めない。そこで二人も一緒に紅茶を啜つた。

「相下さんは毎年お詣りされるのですか」と主人。

「いえ、十年ぶりくらゐでせうか。社会見学のつもりで。どうせ私は非国民ですから」

「参つたな。相下さんは記憶力がいゝな」と主人。以前ふざけて相下を「非国民」と呼んだことがあるのだ。

「しかし、靖国神社に詣つても、字が書きにくいのではそれを小説のタネにすることはできませんね」

「相下さんは小説をお書きになるのですか」と、剛介も老人に対しては丁寧な敬語を使ふ。

「うん、叙情的な、実にいゝ小説だ。うちの雑誌にはずゐぶん載せさせて貰つた。文学青年時代には荷風崇拝で、荷風のことならなんでも御存じだ。私も大分教へて頂いた。勤務地が市川だつた時には、荷風がカツ丼を食つた店に何日かつづけて通ひ、カツ丼を食つたさうだ。もつとも私も浅草のアリゾナに寄つて、荷風が坐つたといふ席のそばに坐つたことが何度かあつたがね。あの店も椙下さんに教はつたのではないかな」

「私も若い頃、ハーンを偲ぶために、何度も松江に行つたよ。だから今でも松江には詳しいつもりだ」と剛介。

椙下は「編集長（今でも主人のことを一緒に働いた時代の職名で呼ぶ）はあんな風におつしやるが、荷風については私以上に詳しいかもしれませんよ」と剛介に話しかける。そして、主人に対して、「なんでしたつけ？　荷風がお濠をどう思つたとかいふ編集長の名句は？」と話を振る。なかなかソツがない。満更でもない様子の主人は、「ええと、あれは『濠端の荷風の忌みし柳の芽』でしたかね。椙下さんは記憶力がいゝですね。三十年も前の拙句を覚えて下さつてゐるとは。濠端に柳を植ゑ始めたのは明治になつてからだと荷風は言つてゐます。そしてあんなものはお城を眺めるのに邪魔になるだけだとも言つてゐます。要するに、江戸時代になくて明治になつて出来たものは、荷風にとつて、全て悪であり、邪魔だつた。どこに書いてあつたかははつきりしない。『日和下駄』だつたかな」。「この間もちよつと話しかけたが、荷風が愛国者だつたことは間違ひないが、日本の近代を悪むことは、鷗外や漱石以上だつたかな」と剛介。主人は「悪態をついたり茶化したりすることが一番激しかつたのはたしかで、佐藤春夫が『規格外の愛国者』と評した時、荷風は激怒したが、これは適評だと思ふ。規格外といふか、裏返しといふか。まあみんな複雑で、あいつはどちらとは簡単に決められないんだよ。最終的には、三人ともかなりディプレッシヴにならざるをえなかつたが」と少々理屈つぽくなつてきた。

こゝで椙下さんは、「さあ私はもう失礼しなくては……」と腰を持ち上げかけた。主人は「下までお送りしませう。この下からタクシーに乗ればお住まひまで五分くらゐでせう」と、椙下に附き添つて出て行つた。

剛介は細君に向つて、「奥さん、近く御主人のお好きなくさやを持つて来ますから、今晩はあり合せのものでイッパイ飲ませて下さい」と言つた。「まあ、くさや！　主人が喜びますわ。うちでお出しするのはいつもあり合せのもので、特別に御馳走することなんてありません。くさやは喜ぶでせうが、不整脈で十年くらゐ禁止されてゐた納豆を先月から許されましてね」「へえー、納豆は心臓に悪いんですか」「いいえ、納豆自体は血液をさらさらにするいゝ作用があるんです。でも、不整脈を抑へるために飲んでゐるワーファリンといふ薬が効かなくなるらしいんです。この薬はとても微妙でむつかしく、一度扁桃腺で、抗生物質を注射したら、逆に効き過ぎて慌てたこともあります。それをイグザレルトとかいふ、難しい名前の薬に変へたところ、納豆が解禁になりました。私も附き合ふつもりはなかつたのですが、十年振りくらゐで、食べてみたら、おいしいものですね」。

そこへ主人が戻つてきた。

「おい、納豆が食へるやうになつたさうだね」と剛介。

「剛介さんがくさやを下さるさうよ」と細君。「そいつはありがたい。さういへば、御令息が発酵食品の権威だつたな」「といふより、くさやの専門家だ」「くさやは大好きだが、どう旨いのかと言はれると、うまく説明出来ないね。荻窪時代、くさやを台所で焼いたら、近所の奥さんから臭いと苦情が出た。ところがあとで、その奥さんから、お好きなやうだからと、くさやを貰つてトクをしたことがある。大抵は魚屋で、ビニールにパックされたものを買つたが、一匹三千円くらゐの高いのから、五百円くらゐの安いのまで、ずゐぶん差があつた。安い方に、家で酒を振りかけて焼くと結構うまかつたね。最近は専ら瓶詰を食つてゐるが、一度蓋を開けると一ぺんに全部食つちまふんだ。とまらなくなるんだね」。「さうよ、少くとも二度か三度にはもたせてくれなくては」と細君が口をはさむ。主人は「あれは新島が発生地で、伊豆諸島に拡がつたらしいね。最初は室鯵、飛魚、鱰《しいら》などをただの塩水に漬けて干すだけだつた。ところが、塩は江戸幕府へ年貢として納める貴重品だつたので、これを節約するため、やむを得ず、塩水を盥廻しにしたら、かへつて旨さや風味が出てきた。これがくさや液で、乳酸菌の一種やヴィタミン、アミノ酸などが豊富に含まれてゐて、昔は怪我をすると、薬代りに患部に塗り、効能があつたとか」と、最近ネットで得た知識を披露してから「息子さんの講座はくさやだけか」と訊く。「ずゐぶん詳しいね。くさやだけぢや講座は一年持たないさ。チーズでも味噌でも沢庵でも、何でも一通りは弁ずるよ。くさやの研究と称して夏休みはずつと新島に行つてゐるが、月末に帰つてくるので、倅から取り上げてくさやを各種こゝに届けるよ。ほんたうは焼きたてをすぐに食ふのがいゝんだが、こゝで奥さんにそれをやらせちや気の毒なので、焼いたものを瓶に詰めて持つて来てやるよ」「それは忝い。ところで、今日は婿に貰つた〝スウィング〟といふスコッチを抜かうか。それとも大瓶に附き合ふか」「さうさね。たまには下賤の飲料の試飲も悪くないか」。

過去の理想の再現を期待した鷗外

酔ひが廻るにつれ剛介は「たまには安ウィスキーも旨いね」と御機嫌がよくなつてきた。「さつき相下さんがいらした時の話のつづきだが、君がよく引く、吉田健一による鷗外論の結論、あれをもう一度今こゝで聞きたいな。ちよつと本を持つて来給へ。ほら、すぐそこにあるのだらう」と指示する。3DKの中のことは何でも知つてゐるやうだ。主人は三四歩あるいて、吉田健一著『日本の現代文学』を取り出してきた。

「鷗外論の末尾だ。少し長く読み上げてみようか」

「あゝ、頼む」

「……鷗外がその史伝の対象に選んだ人々に就て等しく言へることは、彼等が何れも当時の知識人として優秀な業績を残した人達であり、然もその為に彼等がその時代の社会に於て目立つて問題にされることがなかつた一方、生計の面ではその社会の適当な保護を受けて困窮することなく、かくの如く精神的にも、又物質的にも恵まれてゐる結果として生じた余裕の上に彼等の生活を築いてゐたといふことである。このことを敷衍して考へるならば、歴史がない国民は幸福であると言はれてゐるが、歴史があつて、その歴史には更に特筆すべき事件が見られない程、高度に発達した文化を有する国民が最も幸福なのではないだらうか。私は鷗外がかかる社会の現実の諸相を過去に解明し得て、彼自身は新日本を建設する仕事に携りながら、恰も飛行機に関する研究の半ばで己の努力に焦燥し、その遠い未来に於る完成された姿を歌つたダ・ヴィンチの如く、この過去の理想が再び将来の日本に於て実現される日を待つたことを確信するのである……」。

「い丶ねえ。実にい丶。名文だ」。主人の下手な朗読をうつとりと聞いてゐた剛介は改めて感に堪へた声を出す。「鷗外の心事を伝へて余すところがない。鷗外もこ丶まで己が真意を汲んで貰へば本望だらう。ところで、鷗外が理想社会の再来を『待つた』――期待したことは間違ひないが、それと近代に対する絶望とは、それぞれどのくらゐの割合だつたらう」

「さあ諦め八分かな。あるいは一〇〇％近く絶望してゐたかもしれない。荷風のやうに激しく罵ることはしなかつたが、あれほど聡明な鷗外のことだから、近代日本のあさましさ、頽落現象が手をつけられないほどのところに来てゐることは痛感してゐたに違ひない」

「それはさうだらうね。君は荷風が罵つたと言つて、そのとほりだが、荷風は明治初年の頃を顧みて、西洋文明を丁寧に輸入し綺麗に模倣し正直に工夫を凝らした時代と肯定的な評価をしてゐるね。それが段々と深い絶望になり、といつて、それにも徹し切れず『過去を重んぜよ。吾等の将来は吾等の過去を除いて何処に頼るべき道があらう』などとマジメなことも言つたりした」

「まあ愛憎入り混じつてゐるんだね。如何に悪まうと、自分の国を完全に見限ることは出来ない」

「これも君がよく引くが、漱石の『こゝろ』。明治天皇崩御の際『最も強く明治の影響を受けた私どもが、其後に生き残つてゐるのは畢竟時勢遅れ』と感じ、御大喪の翌日号外で乃木将軍のことを知り、『殉死だ殉死だ』と叫ぶあの場面。これは『日本はもう駄目だ』といふことだね」

「さうではあるが、漱石もそちらに徹し切れなかつた。それを示す証拠はいくらでもあるよ。やはり日本人なんだから、日本人に絶望し切ることはできない。これは三人に共通してゐるね。真の日本人なら当然だ」

「漱石の証拠なら、すぐそこにあるぢやないか。同じ『こゝろ』に。これも君がよく持ち出す、福田恆存のなんとか文庫での解説が最もふさはしいぢやないか。ちよつと持つて来て、読み上げたまへ」

「お安い御用。角川文庫だよ」と主人は上機嫌になつてゐる。「福田はかう書いてゐる。『漱石のうちにはヨーロッパ的近代精神と日本の封建意識と両方がせめぎあつてゐて、前者がけつして後者と妥協しなかつたことに大きな苦しみがあつたのです』『両者がめつたに妥協できぬといふことこそぼくたち日本人の現実なのであります』。私などは、若い時この福田の言葉に奮ひたつたね。よしよし、この現実を、決して妥協せずに、克服してやらう、と」

消え失せた乃木愚将論

剛介は話を少し進めた。

「さつきの殉死に関してだが、君の大好きな乃木さんについて、『乃木愚将論』なるものが一世を風靡したね。主として司馬遼太郎によつてばら撒かれ、猫も杓子もこれを振り廻したな。あの論は定着したかと思はれたが、最近は風向きが変つたんぢやないか」

「大いに変つたね。何年か前に、勉強会仲間が送つてくれた『真実の「日本戦史」』といふ本には、乃木だからこそ旅順は落ちた、といつた趣旨のことが書かれてゐた。司馬の「殉死」は読んでゐないが、これに対する福田恆存の批判『乃木将軍と旅順攻略戦』（昭和四十五年）は読んだ。しかし私のお粗末な頭脳には、戦争の進行状況とか戦術のことはチンプンカンプンだつた。司馬が正しいのか福田が正しいのか。ただ次のやうな部分から、福田の将軍に対する強い愛情を感じた。昭和十七年に福田は旅順の戦蹟を訪れてゐるのだ。そして感じたのは、近代日本の弱さであり、その弱さに対する『いとほしみ』だつた。福田の文章で印象に残つてゐる部分を、本から読み上げてみる。『歴史家が最も自戒せねばならぬ事は過去に対する現在の優位である』『当事者はすべて博奕をうつてゐたのである。丁と出るか半と出るか一寸先は闇であつた。それを現在の「見える目」で裁いてはならぬ。歴史家は当事者と同じ「見えぬ目」を先づ持たねばならない』『合鍵を以て矛盾を解決した歴史といふものにほとほと愛想を尽かしてゐる私が、戦史には全く素人の身でありながら、司馬氏の余りにも筋道だつた旅順攻略戦史に一言文句を附けざるを得なくなつた所以である』。『素人』福田の根気よい尽力には頭が下つた。乃木さんに対する愛情の然らしめたところだらう。歴史にあとから合鍵を作つてはいけないことは、多分これよりも前に福田から学んだ筈だが、この文章の印象が一番強いね。『乃木愚将論』が勢ひを失つたのは、その愚論なることが人々に認識されるやうになつたせゐか、それとも私のやうに理屈もなにも分らないのに、とにかく乃木さん大好きといふ人間が多く、論者も商売上多数派に合はせざるを得ないのかは知らないが、まあ結構なことだ」

「愚将論を振り廻した連中は戦史などが分つてゐたのかね」

「さあ、いろいろだらうね」

「君は乃木贔屓により、芥川龍之介と太宰治の『将軍』といふ同じ題の文章については、断然太宰の方が好きだと言つてゐたね」

「勿論。芥川の『将軍』（大正十年）では、軍人の息子の大学生が父親に向つてこんなことを言ふ。『僕は将軍の自殺した気もちは、幾分かわかるやうな気がします。しかし写真をとつたのはわかりません。まさか死後その写真が、何処の店頭に飾られる事を、――』よくもこれほど薄つぺらなことが書けたと思ふ。芥川の浅ましさがよく出てゐる。一方太宰の『将軍』（大正十五年）は、『無論、僕は将軍を頑固な、そして「ハラキリ」より他に芸のない恐ろしいヤカマシ屋だと思つて居た』。しかし将軍の甥の中佐による講話を聞いてゐるうちに、『僕はこれを聞いて、いよいよ愉快になつて来た。将軍はやつぱり人間だつた。シャレるといふことを知つてゐたんだ』『若し許されたなら僕はあの時大声で将軍の万歳を三唱したに違ひない』“He is not what he was”——将軍を見直したといふだけのこと。しかし芥川のあのあさはかさ、卑しさとは格段の差！」

「さうだな。僕も太宰の素直さが好きだ。やや！　ずゐぶん長尻になつてしまつた。これで失礼する」

珍しくも、今日は怒鳴り合ひには至らなかつた。さして有益な話ではないが、吾輩も最後まで聞いてやつた（最近は主人などの鼾声が響いても、勝手に眠れるやうになつた）。

平成二十五年九月六日

追悼が弾劾に

うとうとと居眠りをしたらしい。吾輩が寝惚け眼で食卓の方を見ると、剛介が坐つてゐる。ははーん、例のものを持つて来たなと思つたら、その通りで、ジャム瓶の倍くらゐの高さの瓶が七本ばかり並んでゐる。いづれにも紙が貼つてあり、上から①室鯵、飛魚、しいらなどの魚の名②新島、三宅島、八丈島などの生産地③くさや原液が最初に生成された年代などが記されてゐる。どの瓶も、今は閉められてをり、それぞれ小量づつ小皿に取り出されてゐる。

先日主人が言つたスウィングが抜かれてゐる。くさやとスウィング——なんとも珍な組合せだ。主人は「うまい、うまい。おや、この液は江戸時代からのものか」などと言ひながら、小皿を片つ端からカラにして行く。

主人は欠点の多い男だが、節度を知らぬといふか、知つてはゐても、往々にし

たらば蟹（築地場外市場）　主人が店員に「写真に撮りたい」と言つたところ、親切にも手で持上げてくれた。「買ふ気はないが、値段はどれくらゐ？」「まあ三万円は越えますね」との問答も。一体、主人はなにを考へてゐるのだらう。

てとめどのなくなることが、その最たるものだらう。

よく見ると、剛介の前にだけ、焼き松茸が置かれてゐる。昨日主人が築地市場で求めたのだ。北朝鮮産かカナダ産かは分らない。ゆうべ主人が食つて、「うん、これは微かに香りがする」と言つた。去年のは全くの匂ひなしだつた。

吾輩がくさやの匂ひに悩まされたかと言ふと、そんなことはない。主人のせゐで馴れてゐる。旨さうな感じもする。ちよつとつついてみたいくらゐだ。剛介は松茸を平らげたあと、主人の食ひつぷりを、あきれたやうに眺めてゐる。細君は、「あなた、大概になさらなければ」と、申しわけのやうに作つたハムエッグの皿を主人の方に押しやる。主人はそれを見ただけだが、一応くさやの方の箸も措いて、「本格的に作られたものは、これほど旨いのか」と、やうやく人心地ついた如く言ふ。

「それほど気に入つて貰へれば結構だ」剛介は笑ひつつ、「このごろ『はだしのゲン』とかいふ漫画に因縁をつけるのは怪しからんと騒いでゐるね。六〇年安保の頃からちつとも変つてゐない」と話し出した。

「全く変つてゐないね。皆が全く同じことを、同じふやけ顔をして言ふ。どこのテレヴィチャンネルをひねつても、コメンテーターだか解説者だかが言ふことは一つだけ。『安保改定は戦争につながる』と同じだ。要するに、周りと同じことを言ふのが義務だと思つてゐて、そこで思考は完全に停止してしまふ」

「何が思考だ！　元々連中にそんなものがあるわけがない」と剛介は急に怒り出す。

「少々高尚過ぎる言葉だつたかもしれない。先日の句会でも『ゲン』の中身は知らないが、教委の口出しすべき問題ではないと言ふ者がゐた。テレヴィに出演してゐるのではないのだから、黙つてゐる自由はある筈だが、自分も皆さんと同じですといふことを示さずにはゐられないんだな」

「白痴面をしてね。金太郎飴みたいにどこを切つても……。といつても、こんなもの、一ヶ月も経てば誰も忘れてしまふだらうけど。そして次々と新しい話題が登場しては消えて行く。それにしてもこの『ゲン』、天皇への罵声、日本軍の正視出来ない、そしてある筈のない蛮行、日本を貶めるための凶悪犯罪の奨励、国旗・国歌の否定等を初めとして、ありとあらゆるものをつめ込んで、時流に媚びてゐる。ここまでゆけば一種の天才かな」

「なあに、自分が洗脳されたやうに、あるいはそれを少し極端にして話を進めればいゝんだから、馬鹿な方がやりやすいんだよ。少しでも考へればあんな穢はしい漫画が描けるもんか」と主人の言葉も少し荒つぽくなつてきた。

「それもさうだ」と応じた剛介、「君ずゐぶんくさやを食つたね。七割方なくなった。あれ、スウィングも七割方消えた。これは君だけのせゐぢやないがね」と言つたあと「君の附和雷同嫌ひは筋金入りだ。僕もその点ではかなはない。ところで、二三年前の同窓会での、君の物故者二名に対する追悼演説、あれはひどかつたね。追悼といふより弾劾だつた。覚えてゐるかい」と話を継いだ。

「覚えてゐるとも。古井弘と外木健司のことだらう。古井弘についてはこんなことを言つた。彼が早稲田の露文に行つたのは、明かに共産主義に憧れてのことだつた。高校時代から共産主義理論とやらによる演劇なぞをやつてゐたのを知つてゐる。その彼が経産新聞モスクワ支局長になつたあとは、ソ連（ロシヤ）に対して、非常に厳しいことを書くやうになつた。しかし、現物を見てからでなくてはほんたうのことが分らないやうでどうするか。我々は文字を持つてゐる。ものを見ずとも、書物などにより真実を知ることはいくらでも出来る。現に古井が左翼演劇にうつつを抜かしてゐた時にも、西欧の作家によるソ連批判はいくらも出てゐた。外木健司が東大の全学連闘士として何回逮捕されたかは知らないが、屢々新聞記事で見た。外木が目立ちたがり屋なのは御愛嬌としても、どうして少しでも、何が日本にとつてプラスなのか、人類にとつてプラスなのかを考へないのか。時の風潮といふやうなものを情状として私は認めない。——そんなことを言つたかな」

「ひどいね。罵倒そのものだ。幹事は驚いたらうな」

「かまふものか。あゝいふ連中は鼻面を摑んでひきずり廻してやる必要がある。菅内閣の時の官房長官に仙谷由人といふのがゐたらう。全共闘上りだ。奴は、支那の漁船が海上保安庁の巡視艇に体当たりしてくる映像を隠しただらう。これは普通の日本人と逆だ。もしも日本人が支那人に対して何か悪いことをしてゐるのが映つてゐれば、必死に隠す。支那人が日本人に悪事を働いてゐるのなら、全力をあげて公開し、弘める――これが日本人だ。しかるに仙谷のやうに、あゝいふ組織に属して、自分で考へないでゐると、感覚が全く逆になる。あゝいふ輩は、スカイツリーから一時間ばかり逆さ宙吊りにでもしてやるしかない。それでも、日本人や人類のことを考へはしないだらうけれどもね」

「なるほど。君は〝転向〟にも厳しかつたね」

「まあ原則として認めないね。ところが、『正しい教科書を作る会』には、湾岸戦争時まで共産党員だつたといふ人がゐて、しかも指導的立場にある。〝向う側〟ではなく、〝こちら側〟だよ。彼がどのやうにして変身したかを語つたことはあるのかもしれないが、僕は聞いてゐない。とても信用できないね」

「僕はフランスに一年だけ勤務したが、あそこは婚外子が五六％だつてね。対して日本は二・二％。これほど違ふとは知らなかつた。この婚外子の遺産相続は、正妻の子の半分だつたが、これは違憲、両者同額にせよとの判決が一昨日だつたか出たね。平成七年には合憲とされたのだが……」

「十八年かかつてなんとかグローバライゼイションの完成に近づいたか。子供はどちらかを選ぶことはできないといふ、なんともフレッシュな意見がついてゐたね。少しでも考へたのなら、こんな紋切型の言葉にはならない」

「これも亡国の兆かな」

「十四対零といふ数字が象徴的だね。五十年ばかり前の松川事件無罪判決には、田中耕太郎長官等の強烈な反対少数意見が附されてゐたね。最高裁の判事は一様ではないのだらうが、ほとんどは、司法、裁判の畑だけで過した人たちだらう。裁判官は常に人を上から見くだしてゐて、自ら世間にまじつてヤッサモッサをやつた経験がない。裁判官をやめて初めて、世の中はこんなものかと知つたなんて言ふ人もゐる。東大法学部で教はつた人権思想を退職までそのまゝ抱へてゐられる仕合せな人種だ。ただし先日話の出た鷗外の史伝ものに登場する人たちの静謐で仕合せな生活とは次元が違ふ」

「江戸の知識人と今の馬鹿判事たちが違ふのは当り前だ！　どうして一緒に論じるのだ！　君も判事なみのバカぢやないか。国連の何とか委員会が不平等だと懸念を表明したと判決に書いてあるさうだ。なんで国連などの御意向を気にするんだ」

「国連に勤務した君の意見だから傾聴すべきだな」

「おい、人聞きの悪いことを言ふなよ。この前も言つたが、国連に数ヶ月派遣されたことはあるが、給料は日本政府から貰つてゐた。敵国からは一銭も貰つとらんよ」

「これが敗戦国の現実で、しかたないかもしれないが、日本政府から給料を貰つて、敵国の面倒を見た？」

「なにを！　もう一度言つてみろ。その分ではすまさんぞ」

また下らない喧嘩が始まつた。細君は知らん顔をしてゐる。吾輩は失礼して、その場で眠ることにした。

平成二十五年十一月五日

大君のみあと慕ひて……

気持のいゝ秋日和。三日の明治節が日曜だつたので、昨四日は振替休日とかいふ不思議な休み。ローマ帝国の末期に皇帝達は人気取りのために競つて休日を殖やしたとか。土曜から三連休。これも剛介のいはゆる「亡国の兆」か。靖国神社の先月の秋季例大祭にも総理大臣は来なかつたが、主人は腹も立てなかつた。

それはともかく、連休に次女が子を連れて来たので、主人は孫とたつぷり遊んで疲れたやうだ。上の子と吾輩の仲も取りもつてくれた。吾輩のことを「可愛い！」と言ふまでになつたが、最後はまた「恐い！」に戻つてしまつた。三歳児だからしかたがない。まあ吾輩は零歳だが。

主人は先ほどから、日当たりのいゝ書斎の机で読書をしてゐる。吾輩の籠は机の左にくつつけて畳の上に置いてくれたので、燦々と日を浴びてゐる。

ふと気づくと主人はごろりと横になり、心地よげに寝息を立てつつ時折寝言らしいものを発する。吾輩が耳を澄ますと、辛うじて聞える。違つてゐるかもしれないが、

「キクチカン　タダコウコクノ……」。

分つた。これは菊池寛の遺言の末尾だ。普段主人は好んで口ずさんでゐる。

「ただ皇国の隆昌を祈るのみ」（菊池　寛）

まだ何か言つてゐる。

「ウツシヨヲカミ……」

これは間違ひなく、乃木将軍の辞世だ。

「うつ志世を神去りまし大君のみあと志たひて我はゆくなり」（乃木希典）

やはり最近の剛介との会話などから、国家の盛衰といつたことが、主人の頭脳に去来するのだらう。

吾輩は、国家に何の功績もないのになどと嘲笑する気はない。功はなくともさ

したる害もなさずに、人並に日本を思つて来た主人の短い老い先の平穏なることを祈るのみ。

明後七日は立冬。

添え書きの口上

西尾　幹二

私はいつもの悪い癖で、ぎりぎりまで本書の草稿の拝読を怠っていて、著者から再校ゲラも出たのであと一週間しか待てないと言われて慌てて拝読に手を着けた。私の横着がいけないのだが、ちょうど急ぐ仕事が幾つも重なっていて、時期も悪かった。

途中まで読んではたと困った。私が何か添え書きするのはまずいなとさえ思った。私らしき人物が登場し、その主張的立場を語っているからである。著者が私を尊敬しているというスタイルになっているだけに、私が私をプロパガンダすることになり兼ねない個所が生じている。本書の刊行を祝って口添えするのは恥しいだけでなく、厚かましくもある。しかも私の主張的立場は必ずしも正確には伝えられていない。これも当惑している点である。

よほど添え書きをお断わりしようかと思ったが、今となっては時すでに遅く、出版に差し障りが生じるかもしれない。というより、右の問題点以外には私が発言しない理由は何もなく、本書の内容そのものは私にとって魅力的であり、ページをめくるごとに共感同感の連続である。そこで、読者はどうかご了解いただきたいのだが、私らしき人物に関する部分はなかったことにして——再校も出ている段階でそこを全部削ってくれといまさら言うのは無茶なので——そういう前提で以下をお読みいただきたい。

著者の池田俊二氏は私の『人生の深淵について』の生みの親で、私がものを書く仕事のスタートラインに立ったときの目撃証人のような方だった。私の全集14巻『人生論集』の後記でこのいきさつを詳しく語っている。氏を「刎頸の友」とそこで呼んでいる。

本書は一人の老人が死ぬ前にどうしても言っておきたい世の中への怒りの証言のようなものともいえるが、それは同世代の私が共有しているものでもある。文鳥はだしに使われているだけで、あらずもがなであり、文学効果をあげているとも思えない。ただ、これがないと著者は多分書きにくかったのだろう。自己韜晦の仮面に使っているのである。それほどにも怒りは深く、強く、内攻的でもあるからである。気の合う友人や元同僚、同じ思想を持ち合う二人の娘婿に囲まれている終《つい》の栖という舞台設定も、同じような仮面、表現をしやすくするための著者の工夫でもあるが、似たような生活場面が著者の日々の暮しの中にあるのではないかと推定される。そうした知的環境の中に生きている老後の「主人公」は幸わせでもある。しかし噴き出す思いは烈しく、正直で、生々しくて、ストレートである。若いときから押し殺してきた感情、官庁勤務で表現を阻まれていた思想、しかしどう考えても世の中一般の観念やメディアの通念が間違っていたことは、次第に歴然としてきている昨今の情勢である。それを考えると、何であんな分り切ったばからしさが社会を圧倒していたのか、不思議に思える。著者は若いときから完全に軽蔑しきっていた人や思想がある。しかし世の中がかつてそれらを正道のごとく担ぎ回っていた歴史がある。思えばその歴史において著者は孤独だった。その孤独感を偲べばこそ今の怒りは鮮烈である。

その意味で本書の中で私がいちばんリアリティを感じたのは最後のエピソードである。同窓会で亡くなった二名の友への追悼演説が回想されている。早稲田のロシア文学科に行った友人が共産主義の夢から目覚めたのは新聞社のモスクワ支局長になってソ連を実地体験してからであった。「現場を見てからでなくてはほんたうのことが分らないやうでどうするか。我々は文字を持つてゐる。ものを見ずとも、文字、書物により真実を知ることはいくらでも出来る。」と著者は叫んだ。もう一人の物故者は東大の全学連闘士であった。「何が日本にとつてのプラスなのか、人類にとつてのプラスなのかを考へないのか。時の風潮といふやうなものを情状として私は認めない。」

これでは追悼演説ではなくて弾劾演説ではないか、と本文中で対話者の相手に言われてしまうが、このエピソードはひょっとして実話ではなかろうか。同窓会でこれに似た立居振舞があったのではないか。真相は勿論知る由もないが、この場面の扱いだけが身内や親友を相手にした室内の気安い対話ではないのである。第三者に向けた公開の口上なのである。

そのことが何を意味するかを考えた。孤独がここだけ破裂している。考えてみれば私のような評論家は社会的にこの「破裂」を繰り返して来ている。第三者に向けたこの手の「公開の口上」を課題とし、職業化している。それだけに同窓会のような場面では決して口を開かない。無駄口を噤んで穏和しくしている。怒りや軽蔑感を気取られぬようにしている。本書の著者にしても平生は多分そうだろう。永年の官庁勤務の社会生活では自己を隠蔽しつづけて来たであろう。

本書ではその孤独感がいかに重かったかをいかんなく示す。同じ苦渋を内心に深く抱えて生きている人は少なくなく、否、最近は言葉を求めてあがき出している人々がメディアの空文化の度合いに比例して増えつづけていると私は観察している。本書はそういう人々の喝を癒やすカタルシスの書でもある。しかし、ただ単にそういうことに心理的に役立つ一書であるのではなく、戦後の日本の病理学的な「心の闇」がいまだに克服しがたく、ここを超えなければ今後の日本に未来はないことへの倫理的な処方箋を、思いがけぬ裏側の戸口を開いて見せてくれた一書でもあるといえるだろう。

尚、文中に出てくる鷗外、漱石、荷風の文学、あるいは乃木大将をめぐる文学談議の質の高さは、本書が高度な趣味をもつ文人気質の知識人の筆になることをも証してくれている。著者が旧仮名論者であり、福田恆存の心酔者でもあることをお伝えしておく。

平成二十六年九月二十三日

[著者紹介]

池田 俊二（いけだ・しゅんじ）

昭和 15 年生れ。昭和 48 年より 30 年間『遞信協會雜誌』編輯長として遞信關係を取材したが、戰後の民主化風潮に對する嫌惡が根底にあり、勞使のなれ合ひ等をすつぱ拔いて批判、當局の忌諱に觸れ、屢々出入り禁止に。福田恆存、竹山道雄などの影響と思はれる。特に、郵政民營化には愚民政策として強く反對した。著書『自由と宿命・西尾幹二との對話』（共著・洋泉社、平成 13 年。平成 26 年『西尾幹二全集第 14 卷』に輯録）、『日本語を知らない俳人たち』（PHP 研究所、平成 17 年）。

編集協力………小川哲生、田中はるか

DTP 制作………勝澤節子

見て・感じて・考へる——櫻文鳥日記

発行日❖2014 年 10 月 30 日　初版第 1 刷

著者

池田俊二

発行者

杉山尚次

発行所

株式会社言視舎

東京都千代田区富士見 2-2-2 〒 102-0071

電話 03-3234-5997　FAX 03-3234-5957

http://www.s-pn.jp/

装丁

菊地信義

印刷・製本

㈱厚徳社

ISBN978-4-905369-99-8 C0095